ELLY PETERSEN

MOGENS KLITGAARD

ELLY PETERSEN

imprimatur

Mogens Klitgaard: Elly Petersen
udkom første gang 1941, rev. udg. 2020
imprimatur
© 2020 Klitgaard, Mogens
Forlag: BoD – Books on Demand, København, Danmark
Tryk: BoD – Books on Demand, Norderstedt, Tyskland
ISBN: 9788743015369

Indhold

FØRSTE KAPITEL

DETTE er en fortælling om mennesker i vor tids Danmark. Dette Danmark der igennem så mange sekler har givet sted og væsen til så mange generationer, til mennesker der fødtes, levede deres liv og døde på den jyske halvø og disse grønne øer der gav dem føden og et tålsomt liv.

Disse stumper jord i den nordlige ende af det europæiske fastland, disse enge, marker, landsbyer og købstæder hvis historie ikke er et helteepos, men en beretning om arbejdende bønder og borgere der havde lettere til lune end til satire, et land af småfolk der ikke drømte om stordåd men om en tilværelse i fordragelighed.

En vintermorgen sad et skib fast i isen nord for den sjællandske kyst. Den flade strand derinde var Hornbæk og Gilleleje, og de blå bjerge derovre var Kullens stenmasser; Danmark det er flade strande og lerskrænter, det er enge, marker, skove og heder, ingen stræben mod skyerne, ingen bratte styrt, jævne veje med stynede piletræer, veje der bugter sig udenom bakkerne.

Skibet var et godt og nyt skib, men isen var alentyk og lå i vældige skruninger, hobet sammen af nordenvinden, presset ned i tragten mellem Sjælland og den svenske kyst. Tre vildgæs flyr i kile mod syd. Der er isblomster på de store ubrudte flager, på en flage ligger en død vildand. Rundt om sidder andre skibe fast, lastbåde, et af dem må ha ligget der i mange dage, der ligger dynger af slagger på isen rundt om det, og ved en af dyngerne spadserer en

7

svane omkring og lader sig made af søfolkene der hænger over rælingen, på en fiskestang har de lavet en løkke med madding, en fuglefælde.

Nu står solen op nede over Helsingborg, den lyser rødt og guld over isen, det begynder at blæse, vinden er gennemtrængende kold, den kommer nordfra og ånder ismarkernes kulde ned over skibet. Passagererne fryser. De står og stamper ved rælingen i deres tykke overfrakker, nogle har svøbt plaider over skuldrene, den frembrydende dag fører kulde med sig, det er som om lyset er koldere end mørket.

DER står en sekstenårig pige ved rælingen. Hun er dækspassager, den grønne, tynde kåbe med den lille pelstjat i halsen er krøllet og har været brugt til overdyne i nat, vintermorgenlys på en dampers dæk er skarpt og afslører den slags. Hun er en lang opløben pige, hun følger spændt søfolkenes forsøg på at fange svanen ovre ved naboskibet, hun har lyse, muntre øjne. Svanen er durkdreven, det lykkes den gang på gang at få fat i maddingen uden at gå i fælden, og søfolkene er hver gang elskværdige nok til at more sig over deres nederlag, så man kan høre deres grinen helt herover. Et sted nede i sydøst er en isbryder ved at mase sig vej frem mod de indefrosne skibe.

Pigen går ind i restaurationen. Der er allerede fuldt af folk, hun står lidt i døren og ved ikke rigtigt, men tar så sin frakke af og sætter sig ved det lange bord i midten, bestiller en kaffe og et stykke franskbrød, og da hun har spist og drukket, blir der en plads ledig i et hjørne hvor hun sætter sig over og prøver at læse i en avis, men døser bort og falder i søvn.

Hun vågner ved at skibet igen gynger på frit vand, stemplerne arbejder igen, maskintelegrafen ringer og isflagerne bumper hårdt mod skibets jernsider, isbryderen har skaffet luft.

En velhavende bonde er kommet ind og har taget plads lige overfor hende, han sætter sig godt til rette, han har en fysik af den anden verden, hans hænder er gode og store og stærke af arbejde, og hans ansigt er friskt af Vorherres gode luft. Han gir sig god tid, studerer omhyggeligt smørrebrødssedlen og udfylder ventetiden med at sidde og glæde sig over hvor godt livet kan være. Så kommer tjeneren med fadet, øllet og snapsen. Det er dejligt smørrebrød og det ser indbydende ud: der ligger duske af frisk grøn persille, rullepølsen er skåret i en tyk skive, og på det med flæskesteg ligger der en sprød lysebrun svær, skør som glas. Han gør en hel ceremoni ud af måltidet, sætter serviettens snip fast i halsen og går omhyggeligt og betænksomt i gang. Ved den tredje bid løfter han snapsen mellem to tykke fingre, manøvrerer forsigtigt glasset til læberne og lægger hodet tilbage, det brænder ned gennem ham, det er god dansk brændevin. Og han er ikke den der skyller efter med øl, han lar det brænde og varme og lar livsfølelsen livsaligt gløde gennem sig.

Så er ølglasset tomt, og på fadet er der kun persillen tilbage. Han kalder på tjeneren og sir på sit brede og tilforladelige jyske at nu ku han tænke sig en tår go kaffe og en bid ostemad. Og da osten er væk, læner han sig tilbage og trækker en dejlig tyk og fed cigar op af vestelommen, skærer omhyggeligt spidsen af og tænder, de her jyske bønder ved nok hvordan de vil ha det.

Så først får han øje på pigen der sidder der lige overfor ham. Hun er i en pæn, sort kjole med en lille hvid krave i halsen. Hvad mon nu sådan en skabning ska til København for? Han tar ugenert mål af hende mens han stanger sine tænder, og vil ha at vide om hun nu bare ska på besøg derovre eller hun sådan ska blie der.

Og da han er en venlig og rar mand, og det er rart at ha

et menneske at snakke med når man sådan skal sidde her i timevis og se ud over al denne is, og da hun er en ligefrem pige der for første gang i sit liv er ude på egen hånd, bekræfter hun åbenhjertigt at hun skal til København for at tiltræde en plads. Hun kommer fra Frederikshavn, og hun har tilbragt hele sit liv med at slæbe på små søskende og læse breve højt fra sin ældre søster der tog til København for otte år siden og nu er blevet gift med en svensker der er noget stort og fint et sted i Nordsverrig. Og ustandselig kom der unge piger hjem på besøg til Frederikshavn fra København, og der var ikke en af dem uden at de havde det vidunderligt og oplevede ting som ikke kunne opleves hjemme.

Nå — mener gårdmanden.

Ja selvfølgelig praler pigerne når de sådan kommer hjem — indrømmer pigen, — det er klart at de ikke kommer hjem og sir det er gået dårligt, og det er jo også sket at der er kommet en enkelt hjem og har været i omstændigheder, og det har selvfølgelig ikke været så morsomt at komme hjem og ligge forældrene til byrde med et barn, men i det store og hele kunne man se på dem at de havde været glade for at komme til København, de var blevet ligesom mere voksne og talte så fint, og der var noget over deres tøj som de aldrig kunne ha erhvervet sig hjemme.

Og da gårdejeren nu alligevel sidder og ser lidt tvivlende ud, blir hun ivrig og spør ham direkte om han da kender nogen der er kommet tilbage fra København og hellere ville være hjemme.

Næe — indrømmer gårdejeren tøvende, det skal nok kun være en enkelt der vender tilbage, men byen er jo nok alligevel anderledes for de fleste, end de går hjemme og bilder sig ind. Man sidder hjemme og hører radiotransmissioner fra københavnske restaurationer og kan høre denne kogende mumlen af folk der er glade og morer sig, man hører servicet skramle mens musikerne stemmer deres instrumenter, og hører folk klappe og le, men København er jo mere end det.

Man kan se på pigen at det er hun så udmærket godt klar over, men hun ved også hvordan det er at gå derhjemme og aldrig se andet end det samme og det samme og det samme. Og fra det øjeblik hun satte foden på skibets dæk og stod der med sin kuffert og så ned på de mennesker på kajen der blev tilbage, havde tilværelsen fået en ny tone for hende, ja på en måde følte hun at hendes tilværelse egentlig først begyndte i det øjeblik; der lå Aalborg i det frembrydende mørke, de store lamper på kajen var tændt, på landgangsbroen trængtes folk, en bil med passagerer svingede op i sidste øjeblik, afgangsklokken ringede for sidste gang, der var en råben forude hvor de var ved at smide trosserne, og det var som hun fik en klump af lykkefølelse i halsen, hun så alle ting på en ny måde fra dette øjeblik, hun lagde mærke til alt omkring sig, ja hun kunne ligefrem ha jublet over at endelig, endelig var øjeblikket kommet, livet lå foran hende og hun var spændt og glædede sig til hvad der ville komme.

Hun sidder der foran gårdejeren og har glans i øjnene ved tanken om livet der nu begynder. Ja ja, sir gårdejeren og glemmer helt det han ville ha fortalt om karlen fra nabosognet der blev sporvognskonduktør derovre til en vældig løn og gjorde alle karlene på egnen tankefulde ved de breve han sendte hjem, og om hvordan han havde truffet denne karl på Vesterbrogade og alt det der. I stedet inviterer han hende på kaffe og fortæller at han har en datter der er sygeplejeelev på Sundby Hospital, hun skriver hjem en gang om ugen og kan aldrig få sine penge til at slå til.

De går lidt i stå med samtalen. Ved bordet bag ved ham sidder en skolelærer og læser i den bog han ikke blev færdig med i nat. Han sidder med en kaffe og en linse, og selv

11

om det er det første han får i dag, kan man se det vil knibe for ham at få linsen ned. Han er bleg og nervøs og ser ud til at tænke på alt muligt på en gang, kun ikke på kaffen og linsen. Der er næsten ingen mennesker i restaurationen mere, ovre ved det andet vindue sidder en grosserer eller sådan noget, han er ved sin tredje sjus og en smørrebrødsseddel, nogen forventningens glæde lyser der ikke af ham, han har set for mange smørrebrødssedler i sit liv.

Ismasserne er igen ved at lukke sig om skibet, et par gange går det i stå, bakker et stykke tilbage og maser så på igen, fuld fart frem; som forskræmte heste der stejler, vælter isblokkene i vejret foran boven. Rundt om ligger der hele kirkegårde af fastfrosne dampere, ovre ved den svenske kyst ligger der en hel koloni, og da man er ved at få Helsingør i sigte, braser man ind i en hel lille by af skibe der ser ud til at ha ligget der i flere dage. De ligger så tæt at man kan råbe til hinanden. Der ligger »Sleipner« og der ligger »Ivar«, der ligger en af Mærskbådene, der ligger en af paketbådene der går i indenrigsfart.

Skibet kommer fri endnu engang, det ter sig som en prustende hval der kæmper for livet og vælter fosse af vand bagud, pisker med halen for at komme isen til livs der i stadig større mængde trænger sig om det, klæber sig til dets sider og lægger sig i vældige dæmninger foran det.

Passagererne er igen på dækket for at overvære kampen, skibet gør en sidste kraftanstrengelse, men sidder så fast igen. Uhjælpelig fast. Maskintelegrafen ringer endnu en sidste gang, så blir alt stille, her sidder man, det knager og brager endnu lidt rundt om i isen, isblokkene fryser sig fast til skibssiderne, der er ikke en tomme åbent vand at øjne. Man står endnu lidt og kigger ud over alt dette hvide, man kan endnu se Kullens blå konturer, og der i syd ligger Helsingør, så nær og alligevel så uopnåelig. Man ser lidt på hinanden og siger vittigheder, sikker på at Storebjørn jo nok skal komme igen og redde en fra at overvintre her. Nogle af passagererne går igen ind i restaurationen, nogle begynder at gå op og ned ad dækket for at få lidt varme i kroppen og for at få tiden til at gå. Køkkenkarlen kigger ud ad kabysdøren, han er i tyndt hvidt tøj og bare fødder i lærredssko, om halsen har han et viskestykke, han har haft en travl formiddag, han er svedt og sulten og træt, han er ved at sluge en kop skoldhed kaffe og lader et stykke franskbrød med smør forsvinde i store bidder, man kan se, at det skal gå hurtigt, og man kan se hvor det smager ham. Den oplevelse kunne man unde den blege skolelærer der sad og stak i linsen og ikke kunne få den ned.

L IDT over middag kommer Storebjørn endelig. Der kommer bevægelse i ismasserne, store flager slår revner, isstykkerne rejser sig lodret op i vandet, det løsner sig omkring Aalborgbåden, maskinen kommer i gang igen, stemplerne arbejder, agterude pisker skruen vandet i store grønne hvirvler, det går igen fremad.

Nå, — sir gårdejeren, — er det så en god plads De skal til?

Jae, — svarer pigen og ved ikke rigtigt, — det er sådan et pensionat. Det er bedre end at være i huset, i et pensionat er der mange mennesker og man er ikke så bundet som i et privathjem. Selvfølgelig må man bestille noget, men hun for sin part glæder sig nu til at bestille noget, det skal blie dejligt at ta fat når man får sin løn for det og er sig selv. Og så det at være i København, det er alligevel noget andet end at tilbringe hele sit liv i en provinsby hvor man kender hele rumlen og hvor der aldrig sker noget.

— Nåe, — sir han. I overfrakke er han endnu større og tykkere, de står ved rælingen og ser Kronborg komme nærmere. Han sir at han hedder Laursen og at hun skal besøge hans datter, så hun ikke er helt alene i den store by.

Et stykke ud på eftermiddagen når de København. Der er allerede ved at blive tændt lys og der er mange folk nede for at ta imod. Gårdejerens datter er her, hende sygeplejeeleven, hun skal endelig hilse på hende, det er en fiks ung pige der allerede har fået københavnersnit over sig, selv om man jo nok kan høre det jyske trænge igennem hernede ved skibet der ligesom er et lille stykke Jylland. Da de har sludret lidt og udvekslet adresser, tar gårdejeren og hans datter en taxa og endelig er hun alene med byen og alt det der ligger foran hende. Hun står der på kajen i skæret fra et af de store buelys med sin lille kuffert og sin attachétaske og er lidt opildnet og lidt ør over situationen. Hun er igen ved at få en klump i halsen, her ligger altså byen, endelig er det blevet virkelighed, endelig ligger alt det andet bagude og hendes tilværelse skal til at begynde for alvor. Hun er i feststemning og vil ikke køre, vil ikke gå glip af noget, hun hanker op i sin kuffert og begynder at gå, parat til at møde alt velkommen, hvad der end ligger og venter hende i denne by.

— Da hun endelig finder pensionatet, er det aften. Ved gadedøren sidder der et ovalt porcelænsskilt på en træplade, der er en revne i skiltet og bogstaverne er næsten visket ud: Frk. Jørgensens pensionat, tredje sal; middagsgæster modtages.

Trappen er smal og slidt af mange trin, der lugter af hvidkålssuppe og der er blyantstreger op ad væggene. Entredøren står åben, men hun sætter alligevel sin kuffert fra sig og ringer. Hun står og ser ind i en lang, mørk gang, på knagerne hænger fuldt af overtøj og hatte, over et gammelt mahognipillespejl hænger en tilyspære.

Da en stor kraftig bondepige med briller og kort hår lidt efter kommer brasende frem med et viskestykke i hånden, hanker hun op i sin kuffert og sir at hun hedder Elly Petersen og at hun er den ny pige.

Å, er det Dem fra Frederikshavn — sir pigen hjerteligt og går foran hende ned ad den lange gang. De kommer ud i køkkenet. Det er lige i spisetiden, en lille tør og halvgammel pige med knold i nakken står og rører i gryderne. Fruen ser man ikke noget til, hun spiser sammen med pensionærerne, men pigen med brillerne viser på egen hånd Elly hendes værelse. Værelsets dør vender ud til køkkenet og værelset er egentlig ikke noget værelse, men et kammer på den størrelse at der kun kan være ét menneske derinde ad gangen. Over en stoleryg hænger et par snavsede silkestrømper og på sengen ligger en kittel og en underkjole, en gammel kommode fungerer som toilettebord, der ligger en broderet lysedug på den, midt på lysedugen er placeret en pudderdåse med et fint lag af lyserødt pudder omkring sig, desuden ligger der kam og hårbørste og hårklemmer, en slidt dametaske og et par filmromaner der er forlæste og krøllede og med en stor fedtplet på omslaget lige under Ronald Colmans næse. På væggen bag kommoden er nogle amatørfotografier og baltegn sat op med tegnestifter, oven over dem hænger nogle indrammede pengesedler med imponerende cifre, marksedler fra den tyske inflationstid.

Ja, — sir pigen med brillerne, — det er jo mit værelse og jeg skal først rejse i morgen, men De kan godt flytte ind med det samme, jeg kommer ikke hjem i aften alligevel og i morgen kommer jeg og henter mine ting.

— Det er en sær følelse for første gang i sit liv at skulle ha sit eget værelse. Det ligesom markerer, at man er blevet sig selv. Hun er ikke længere Petersens Elly, hun er Elly Petersen, frk. Elly Petersen. Fra nu af er hun tilmeldt folkeregistret som sig selv og skal til at modtage tilsigelser fra skattevæsnet med sit eget navn på. Hun ser sig oprømt omkring, her bor hun altså, det er hendes værelse. Der kan gøres hyggeligt her og hun kan invitere sygeplejeeleven på te, der er ganske vist kun én stol, men man kan rykke bordet hen til sengen, de indrammede pengesedler vil hun ta bort og hun vil købe et par grønne planter og sætte i vinduet.

Pigen er gået ud i køkkenet igen, Elly står der og spekulerer på om hun mon kan åbne sin kuffert og ligesom begynde at pakke lidt ud, hun kan næsten ikke dy sig, men det er måske alligevel bedst at vente med det til i morgen. Som hun står der og egentlig ikke rigtig ved hvor hun skal gøre af sig selv, hører hun en gennemtrængende og kommanderende kvindestemme i køkkenet, det må være fruen. Og ganske rigtigt, et øjeblik efter kommer fruen der altså hedder frk. Jørgensen, til syne i pigekammerdøren. Hun er en dame omkring de fyrre med højt bryst, små krøller ved ørerne og en guldtand i overmunden. Hun er forfærdelig flink, siger velkommen og hvordan er rejsen gået og gud jeg troede såmænd at De var frosset inde og håber De nu vil befinde Dem godt her og så videre. Og så sir hun desuden at det jo ikke er den første før i morgen, og at Elly altså kan indrette sig for i dag som hun har lyst, hun kan få nøglerne af den anden pige og skal altså gå i gang i morgen tidlig klokken seks. Og så er hun væk igen, glimtet af guldtanden stikker endnu i Ellys øje.

Elly får sig lidt mad i køkkenet, og da hun har spist gir pigen med brillerne hende nøglerne. Hun står lidt inde på sit værelse, har morderlig lyst til at begynde at ordne derinde, pakke ud og gøre hyggeligt, og så når der er i orden, sætte sig ned i kurvestolen og tænde sig en cigaret, sådan som hun så tit har forestillet sig hun ville gøre når hun omsider blev sig selv og ingen havde til at blande sig i hvad hun foretog sig, hænge sine par kjoler op bag forhænget der i hjørnet, sætte fars billede på kommoden, rydde brillepigens ting bort fra lysedugen og anbringe garnituret som hun fik til sin konfirmation, i stedet. To bøger har hun også, konfirmationssalmebogen med hendes navn i guldtræk på bindet og Marie Bregendahls »Med åbne sind«, som hun fik i skolen for flid og god opførsel, de kan ligge på kommoden, hun får nok snart flere bøger og råd til en lille bogreol, det er så pynteligt. Men endnu er værelset jo ikke rigtig hendes, hun må vente med at gi sig til at regere i det til i morgen. Og når i aften er sådan en slags friaften, vil hun også benytte den til at gå ud og se på byen, selv om hun er lidt træt og opkørt af rejsen og føler sig lidt usoigneret og krøllet. Hun vil gå en tur nedad Strøget og se på butikker og hun vil gå ind et sted og drikke kaffe; når det er første aften, hun er i byen, skal det også være lidt festligt. Hun tar igen sin grønne kåbe på, stryger lidt over dens smule pelskrave der ser lidt forpjusket ud, og går så uden at møde nogen gennem den lange gang og ned ad trappen.

Det er en temmelig mørk gade, der er langt mellem lygterne og på den anden side af gaden ligger en park bag et jerngitter som et stort sort mulm. Der rasler en sporvogn forbi og der er mange folk på cykler i begge retninger. Oppe over hustagene er der hist og her en stjerne, men ikke nær så mange som hjemme. Det småregner lidt.

HENDES fødder er varme og ophovnede og hun fryser lidt, er lidt forkommen, men i strålende humør. Selvfølgelig er det noget pjank at gi sig til at rende ud i byen allerede i aften, lige ankommen efter en lang rejse, efter omtrent et døgns ophold på et skib, hun burde være krøbet i seng, så hun kunne være hvilet ud til i morgen tidlig, men hun er så spændt på det hele at hun såmænd ikke kunne ha faldet i søvn alligevel. Bilerne der glider frem over den våde asfalt med mennesker der skal i teatret og til selskaber og alle de forlystelser der nu altså findes i en stor by, de mange lys der stråler fra forretningerne, disse strømme af velklædte mennesker der fylder fortovene; når hun kommer ned på Strøget, vil det næsten være som at se en film, som selv at spille med i en film.

Hun går over Grønttorvet der ligger øde og mørkt, og kommer til nogle gader hvor der er mere lys og liv. Der er ikke så mange mennesker som hun havde ventet, men det er vel fordi vejret er dårligt. De er heller ikke allesammen så velklædte som hun havde troet, egentlig ser de nærmest ud som derhjemme, men når hun kommer ind på Strøget, blir det sikkert anderledes.

Hun går gennem Købmagergade og drejer ned ad en anden gade hvor der er fuldt af mennesker og præcis som hun har tænkt sig København. Hun spør en ung pige om vej til Strøget, og da hun får at vide at hun jo er på Strøget, sir hun til sig selv at det jo nok var det hun tænkte. Hun står lige uden for en stor parfumeforretning, på ruden står der Breining, og hun mindes at ha hørt det navn nævne af de piger der kom hjem på ferie. Hun blir stående og kan ikke få sine øjne væk fra den elegante udstilling. Hvis man har penge, kan enhver blive smuk og elegant. Hun ser sig i tankerne komme ud af banegården i Frederikshavn til næste sommer, de vil nok kigge lidt på hende når hun går ned gennem Danmarksgade, hun kan se fru Søren-sen i grøntforretningen komme frem i vinduet og stirre på hende, som om hun ikke var sikker på at det ikke var en anden. Hun står og kommer til at smile lidt for sig selv der foran den oplyste rude, bag hende glider en strøm af men-nesker gennem gaden. Hun ved nøjagtig hvad hun vil gøre når det engang omsider blir sommerferie, hun vil tilbringe hele den første dag med at gøre sig rigtigt i stand, ta bad, nyt tøj på fra inderst til yderst, ny underkjole, nye sko, hun vil få håret gjort i stand i en af de bedste forretninger og måske vil hun for sjov la sine negle manicurere.

Hun driver videre ned ad gaden og glemmer helt at se

på butikkerne for at gå og tænke på sin tilbagekomst. Måske vil hun også lære engelsk, her ovre er der gratis kursus, og hun får vel nok så meget fritid at det kan la sig gøre. Tænk at komme tilbage og kunne engelsk. Fransk kan man også lære. Gud ved hvad de vil sige hvis hun også kommer tilbage og kan fransk. Man har jo også hørt om unge piger der kunne engelsk, der har fået plads hos danske familier i England. I London. De skal være helt vilde efter at få danske piger derover, fordi danske piger er så dygtige.

Da hun kommer til Kongens Nytorv, vender hun og går samme vej tilbage, går hele Strøget igennem og kommer op til Rådhuspladsen. Den er ikke til at ta fejl af, så meget har hun hørt om Rådhuspladsen at hun kan kende den, selv om hun ikke har været i København før. Det er forunderligt at se de steder hun har hørt tale om så mange gange, dér ligger »Frascati«, dér ligger »National-Scala«, dér ligger »Wivex«. Og dér er Frihedsstøtten, hun troede egentlig den var større.

Oven over døren til en kaffesalon er der en højttaler med musik. Hun går en gang forbi og skotter ind ad vinduerne, der ser ikke dyrt ud, hun vil gå ind og få sig en kop kaffe.

Ved døren får hun udleveret en bon, der er stuvende fuldt af mennesker, og mens hun står og ser efter en plads, gir det pludselig et sæt i hende, menneske dog, det er jo Erna der sidder der sammen med en anden ung pige, tænk pludselig at se et ansigt derhjemme fra herovre. Og allerede første aften.

De hilser overstrømmende på hinanden, og da de endelig får sat sig ned, fortæller hun at hun er kommet i dag og at hun er helt tosset af glæde over endelig at være kommet herover, hun gir sig til at fortælle om rejsen, om sin plads, om sin første tur ind gennem byen og om sine planer. Selv det om at lære engelsk og fransk fortæller hun.

Erna sidder og sir ikke noget, hun er ikke særlig elegant i tøjet, hendes hænder er tykke og røde, øjenbrynene er barberet væk og erstattet med to tynde, sorte streger, håret er onduleret, men hænger tjavset og uordentligt og hun ser mismodig og uplejet ud.

— Lære engelsk —, sir hun endelig, — det er pudsigt, det ville jeg også da jeg kom herover.

— Blev det da ikke til noget, spør Elly.

— Næ, sir hun. — Den ene fridag man har. Det glemmer du såmænd nok når du har været her et stykke tid.

De sidder lidt uden at sige noget. Højttaleren larmer sin musik ud over rummet, der er en skramlen af kopper og tallerkener, og der er en summen af stemmer og en skraben med stole, uden for vinduet er småregnen nu slået over til sne, store løse flager der daler langsomt ned og tør når de når asfalten.

ANDET KAPITEL

Omgivet af skove, vand og flade marker ligger København, provinsianernes største by. Byen hvor der bor flere jyder end i Aarhus. Byen hvis offentlige liv i højere grad er præget af tilflyttere fra provinsen end det er præget af københavnere, en stor brolagt flade i et hjørne af Danmark der suger strømme til sig fra alle sider, strømme af mennesker der søger en tålelig eksistens og finder en hård verden efter andre regler end dem de kom fra. Provinsianernes by. Byen der rummer en fjerdedel af landets indbyggere. Byen hvis glans stråler ud over landet og trækker møllene til sig, en kværn der maler nogle til døde og skaber nogle en tilværelse. Med hvert skib, med hvert tog er der indflyttere, fra Bornholm kommer de, fra Fyn, fra Jylland, fra Lolland og fra Falster, fra småøerne, fra store byer og små købstæder, fra det åbne land. Hver dag står der nye på kajen for enden af Sct. Annæ Plads og på Hovedbanegården, nogle har livet allerede trukket furer i ansigtet, nogle kommer med ungdommens lyse optimisme og friske gåpåmod. Der ligger byen for dem med sin million mennesker, med sine busser, lysreklamer, sine restaurationer, sine trafikerede gader, og er de ubegrænsede muligheders by. Den ligger der foran dem og er fremtiden, en lukket fremtid på godt og ondt.

Indflytternes by. Går man en tur ned ad Vesterbrogade, er det provinsianere der står foran butikkernes udstillingsvinduer, går man en aften ind i en af de mange danserestaurationer, er det unge fra provinsen der sidder ved de små borde og unge fra provinsen der fylder dansegulvet, Andersen fra Silkeborg danser med Petra fra Hasle, sygeplejeeleven fra Aalborg danser med manufakturkommisen fra Haderslev, student Thomsen fra Viborg danser med en lyshåret husassistent der synger lidt på det og nok skal være fra Svendborg eller et sted dernede fra. Flytter man ind på et pensionat, er de fleste af pensionærerne fra provinsen og værtinden måske også, husassistenten der kom i går, er det i hvert fald, det er en slank, lyshåret pige med en blød mund og vågne, blå øjne, spinkel og fin i lemmerne, men lidt tynd og virker højere end hun er. Hun hedder Elly Petersen og er fra Frederikshavn, og det er hendes første dag i frk. Jørgensens pensionat.

I morges klokken seks blev hun vækket, og inden hun fik set sig om var hun midt i det hele. Hun opdager hurtigt at der er mere at gøre end et enkelt menneske kan overkomme hvis det da skal gøres ordentligt, der skal tas let og overfladisk på tingene, ikke lægges for mange kræfter i, op med vinduet, sengetøjet ned i kassen under divanen, et tjat med støvekluden hist og her, askebægrene tømt og tørret af og videre til næste værelse. Efter frokost maser hun på med opvasken, dagligstuen og spisestuen og frk. Jørgensens værelse og da klokken er fire, er der bund i det, og hun får at vide at hun nu har fri til klokken fem og at hun har vel husket badeværelset?

Badeværelset, næ hun har ikke skænket det en tanke. Da hun er færdig med det, kan hun begynde at dække bord, og lidt efter begynder pensionærerne at indfinde sig. Endelig klokken otte er de færdig med opvasken, hun er godt mør og har mere end noget andet i denne verden lyst til at gå i seng. Hun går ind på sit kammer, den forrige pige har endnu ikke været der og hentet sine ting, hendes snavsede kittel, underkjole og strømper hænger stadig over stolen og der er ikke skiftet lagner.

Men fruen er gået og i aften når hun ikke at få rene lagner. Hun tar lagnerne af, klær sig af og finder en natkjole frem af sin kuffert og kryber i sengen som den nu engang er. Klokken to om natten vågner hun ved et forfærdeligt spektakel, der er fuldt af mennesker i køkkenet lige uden for hendes dør, og der er en grinen og en ballade af den anden verden. Hun ligger stille og lytter, og det går op for hende at det må være nogle af pensionærerne der er kommet fulde hjem og nu har fået den idé at fare i spisekammeret for at finde noget spiseligt og nogle øller. I hvert fald er der skramlen af flasker, og der er også nogen rumsteren ved gasapparatet, så de er vel også ved at lave kaffe, de morer sig i det hele taget fortræffeligt, synger, fniser og skåler og hikker. Pludselig banker det på hendes dør, ikke særlig hårdt, sådan med let kno, vel nok nærmest for spøg. Men lidt efter banker det hårdere, det er vel en af de andre der har fundet ud af at det var en udmærket spøg, men at det burde gøres så man kunne høre det. Hun ligger musestille under sin dyne og hører sit hjerte banke.

Det lader til at spøgen tar kegler, i hvert fald tar bankeriet til, og en af dem må vel i den anledning ha sagt noget morsomt, for pludselig brister de allesammen i latter og man kan høre en af dem blive dunket i ryggen for at få vejret igen. Så lidt efter lidt blir der stille, hun ligger angst og lytter efter om de måske skulle være gået, men så hører hun dem hviske, og pludselig falder en lysstribe hen over hendes seng, de har åbnet døren, hun ligger stille med lukkede øjne, mærker at lysstriben blir bredere og bredere og føler at hele banden står i døren og kigger på hende. Hendes hjerte hamrer, og hun klynger sig til at når de ser hun sover, vil de trække sig tilbage igen. Om hun dog bare havde husket at låse døren.

Men i stedet for at trække sig tilbage, går de helt ind i

kammeret, og pludselig mærker hun dynen blive trukket bort fra sit ansigt og en stemme sir:

Frk. Petersen, vågn op frk. Petersen, vi vil bare invitere dem på et glas.

Elly rejser sig med et ryk op i sengen og ber dem heftigt om at gå ud af kammeret.

Men der er ikke tale om at de vil gå, sludder og vrøvl sir de, la nu vær at være så barnlig, De skal drikke et glas sammen med os. Og ham der står forrest, en lille flenskaldet fyr med bakkenbarter, rækker et portvinsglas hen imod hende. Han er rød og oppustet i hodet, hans øjne skinner feberagtigt, og da hun igen ber dem om at gå, sætter han sig på sengekanten og holder glasset hen mod hendes læber, la nu vær at være så snerpet, sir han, lægger sin ene hånd om hendes nakke og vil tvinge hende til at drikke mens hele klyngen bag ham finder det ustyrligt grinagtigt og opmuntrer ham til at fortsætte. Men da hun føler hans hånd på sig, gør hun en voldsom bevægelse, portvinen sprøjter ud over sengen og glasset falder til gulvet og knuses med en gennemtrængende, klirrende lyd.

I det samme hører de skridt ude i gangen, og inden de når at komme ud af kammeret, står frk. Jørgensen i døren. Hun baner sig vej mellem dem, kaster et rasende blik på Elly og sir: De er sgu en køn en, De har kun været her én dag og begynder allerede på den slags.

Og inden Elly når at få svaret, har frk. Jørgensen gennet hele klyngen ud af kammeret og lukket døren med et smæld. Elly ligger fuldkommen overrumplet og hører dem gå gennem køkkenet og gennem gangen. Da der er blevet stille, står hun op for at låse døren. Men der er ingen nøgle. Hun lukker døren op og ser på ydersiden, nej der er ingen nøgle. Men da døren er til at åbne indad kan hun barrikadere den. Det gør hun. Hun flytter kurvestolen hen foran døren og lægger sin kuffert på den for at gøre den tung.

Hun ligger lidt og spekulerer lidt over hvad dette her

mon kan føre til, får pludselig lyst til at tude lidt, men kommer over det og falder i søvn.

Da hun vågner igen, er hun klar over at det ikke er morgen endnu og at der på en eller anden måde er noget galt. Et øjeblik efter blir hun klar over at nogen er ved at prøve på at åbne døren, den er allerede halvt åben og skubber den knirkende kurvestol foran sig. Det er mørkt, hun kan intet se, men kurvestolen er allerede skubbet så langt at den rører ved sengen. I et sæt er hun oppe af sengen og prøver af al magt at få skubbet døren i igen. Men det er for sent, vedkommende, hvem det nu end er, er allerede inde på kammeret, tar fat i hende og presser en svedig hånd mod hendes mund. Hun stritter imod med hele sin styrke og prøver med den ene hånd at nå lyskontakten. Vedkommende hvisker forpustet til hende om at være rolig, hun kender stemmen igen, det er ham med bakkenbarterne. Mens de tumler om, får hun fat i lyskontakten ved døren og tænder. Jo, det er ham med bakkenbarterne. Ved overraskelsen gør han en voldsom kraftanstrengelse og får hende tvunget ned på sengen, de er begge så forpustede og kortåndede at kampen af sig selv ophører, men han holder stadig hendes hænder som i en skruestik, og da han omsider begynder at få vejret igen, sir han at hun fuldstændig har misforstået situationen, og at han bare er kommet for at be hende om undskyldning for det i aftes.

Det kunne De jo gøre i morgen, svarer hun.

Men jeg ser Dem jo ikke før i morgen aften, sir han, — og så var det måske for sent. Jeg kunne jo ikke vide hvad De kunne finde på i morgen.

Men nu må De under alle omstændigheder gå, sir hun og prøver at komme løs. Men den rødmossede med bakkenbarterne vil ikke gi slip, nu han engang er her, kan de jo lige så godt snakke lidt sammen. Hun indser at hun får svært ved at klare sig, hendes natkjole har fået en lang flænge i halslinningen, og dette menneske her gør indtryk af ikke at være helt normal.

Lad os snakke sammen i morgen, sir hun og er lidt venligere i sit tonefald.

De er altså ikke vred på mig, sir han.

Nej, svarer hun, hvis De bare vil gå nu.

Han overvejer lidt, har lidt svært ved at bestemme sig, men beslutter sig så til at gå, måske kan de gå en tur sammen i morgen aften, eller gå i biografen eller sådan noget. Så snart han er ude af døren, rykker hun sengen hen for døren. Hun hører hans listende fodtrin i gangen og den sagte lyd da han lukker døren til sit værelse efter sig.

Så blir det morgen. Det er vinter endnu, og dagen er længe om at komme i gang, mørket hænger over husene og gaderne, himlen er grå og tung, og luften er klam og fugtig. Klokken elve banker hun på frk. Jørgensens dør. Frk Jørgensen hører til dem der står sent op, hun lever og ånder for pensionærerne og spiller gerne bridge med dem til langt ud på natten eller arrangerer fællesudflugter med dem til en eller anden restauration hvor der er varieté. Da der blir sagt kom ind og Elly åbner døren, er frk. Jørgensen allerede stået op og sidder i det bare ingenting og er ved at ta fodbad, hendes ben er så korte, at hun har måttet lægge to telefonbøger under vandfadet. Hvem kunne tænke sig at en pensionatsværtinde så sådan ud i negligé; når hun ikke er strammet ind og hængt op svulmer det hele over alle bredder, og det er kun med yderste møje hun kan nå ned til sine fødder. Hendes tær er forkrøblede og overlagte, men neglene er rødlakerede, og om den ene ankel har hun en smal guldlænke.

Hun hælder lidt mere varmt vand i vandfadet, læner sig tilbage og trækker chemisens skulderstropper op: Hør, lille De, jeg vil be Dem om ikke at lægge an på pensionæ-rerne. Det er lidt for morsomt at De allerede den første nat har hele flokken inde på Deres værelse. Ikke bare en enkelt, men hele flokken gudhjælpemig.

Elly blir varm i øreflipperne og sir at hun ikke har lagt an på nogen og at hun vil be om at få en nøgle til døren så hun kan låse af.

Næ, hør nu på uskyldigheden, himler frk. Jørgensen op, så De har ikke lagt an, tror De ikke jeg har set hvordan De går og ruller med øjnene i hodet. Hvis De ikke kan la være med det, er det en ærlig sag, men så tør jeg ikke ha Dem gående på værelserne, men sætter Dem til køkkenarbejdet i stedet for. Tror De jeg vil ha fornøjelsen af at sende Dem hjem til Frederikshavn med mave. Og hvad det med nøg-len angår, er der såmænd ingen der kommer ind på Deres værelse hvis De bare holder øjnene hos Dem selv.

I sin fritime går Elly ned og køber en krog til at sætte på døren. Lidt efter begynder pensionærerne at komme hjem. En af de første er ham med bakkenbarterne, der for øvrigt hedder Lauritsen og er ekspedient i en afbetalings-forretning der handler med herretøj. Han gir sig dårlig tid til at ta tøjet af, men kommer ind til hende i spisestuen hvor hun er ved at sætte tallerkener frem, og sir om hun så vil med ind og se »Dronningens elsker«? Hun ryster afvi-sende på hodet og fortsætter med tallerkenerne, men føler sig alligevel lidt smigret over hans ivrighed, så tossede er de alligevel ikke hjemme i Frederikshavn og her er endda så mange piger i denne by. Da frk. Jørgensen i det samme passerer ude i gangen, gir han sig højlydt til at motivere sin nærværelse med noget vrøvl om at han gerne vil ha lov til at sidde ved den anden side af bordet, da det trækker fra vinduet.

Og da hun om aftenen serverer te på værelserne, viser det sig at han sidder hjemme. Hun føler lidt samvittighedsnag og kan ikke bare sig for at spørge hvorfor han ikke er gået i biografen. Måske er det heller ikke anderledes end at hun godt kunne li at høre ham sige at det er for hendes skyld.

Men da han spiller den forurettede og prøver at virke nedtrykt, kommer hun over det, og da han prøver at være nærgående igen, er hun bare fuld af foragt.

Efter at hun er gået i seng, hører hun ham et par gange komme ud i køkkenet under påskud af at hente et glas vand, han rømmer sig lydeligt men vover ikke at banke på døren. Hun har gjort sin første erfaring og kan ikke andet end ligge og smile lidt for sig selv. Kan man ikke klare sådan nogle fyre på den ene måde, kan man altså på den anden. Trods alt er det alligevel rart at være blevet sig selv, ikke ha far og mor til evig og altid at hænge over sig, men selv klare paragrafferne. Hun ligger her og strækker sig i sengen og er godt mør over lænderne, men hun er ikke ked af at ta fat, og når hun i løbet af nogen dage får vænnet sig til arbejdet, vil det nok gå lettere.

Et af værelserne i loftsetagen står ledigt, det har været averteret, og en formiddag er der en pige, der ringer på og spør om det er lejet ud. Det er Elly der lukker op, hun ser beundrende på pigen der er nydelig og elegant, og sir at værelset er ledigt og at nu skal hun hente fruen. Men da hun banker på hos frk. Jørgensen og overbringer den glædelige meddelelse at der er en ung dame der vil se på det ledige værelse, sker der det mærkelige at frk. Jørgensen bare ser arrigt på hende og går rask forbi hende ud til entredøren og meddeler den unge dame at værelset desværre er lejet ud.

Og da Elly efter at den unge dame er gået spør om værelset ikke er ledigt mere, får hun kort og uvenligt til svar, at vist er det ledigt, men at hun ikke vil ha unge damer boende, det blir der bare ballade af.

Om eftermiddagen er der en ung mand der søger værelset. Han er spinkel og ser lidt bleg og forlæst ud, er nok student eller noget i den retning, men for øvrigt en pæn fyr, sådan stille og alvorlig.

Jeg tror nok det er ledigt, sir Elly og går for at hente fruen, og ønsker i sit stille sind at han kommer til at bo der.

Det lader også til at han falder i frk. Jørgensens smag, hun er allerede ved at fortælle ham at der er sol på værelset hele formiddagen, og at den forrige lejer har boet der i fire år og kun er rejst fordi han sku giftes. Frk. Jørgensen går personlig med op ovenpå for at vise ham værelset, og da de noget efter kommer tilbage og han blir bænket inde i dagligstuen for at skrive folkeregisterblanket, har han jo altså åbenbart lejet værelset.

Et par dage efter sker det en aften at der er gilde i pensionatet. Et af de gilder der opstår af sig selv og som man derfor finder fortræffeligst og prøver at hjælpe skæbnen lidt på gled for at få arrangeret. Om eftermiddagen kom frk. Jørgensens søster og dennes lille tiårige datter på besøg. De spiste med ved middagsbordet og blev præsenteret for dem af pensionærerne, der ikke tidligere havde oplevet dem. Mens de sidder ved kaffen, kommer en af de tidligere pensionærer tilfældigt op for at få en adresse, han kender frk. Jørgensens søster, efter den gensidige glæde at dømme lader det endda til at han kender hende særdeles godt, og der blir sagt spøgefulde underfundigheder om barnets næse der virkelig med god vilje kan ligne hans. Umuligt, sir han smigret og lader behændigt skinne igennem at den eneste grund til at formodningen er uhørt, er den at han for ti år siden overhodet ikke kendte frk. Jørgensens søster. Han er agent i papirvarer og det fuldendte selskabsmenneske, det naturlige midtpunkt der både kan fortælle vovede historier, vifte med ørerne, få et spillekort til at forsvinde i jakkeærmet og al den slags der virkelig gir tilværelsen indhold og gør sådan en aften festlig og minderig. Han sir at nu skal vi alligevel ha det lidt fornøjeligt, og går straks ned til urtekræmmeren efter en flaske Cloc og optræder fuldkomment i rollen som den beskedne giver hvem det er en ære at måtte byde de tilstedeværende på et glas likør til kaffen. Også pensionærerne blir nødet. Der kommer glas på bordet, og da en flaske Cloc jo ikke varer evigt, optræder papirmanden igen som giver og sender ham med bakkenbarterne til urtekræmmeren efter portvin.

Da Elly og kokkepigen er færdige med opvasken, blir de også inviteret med: De skal sandelig ha et glas med, sir papiragenten og er virkelig en rar fyr der ingen bagtanker har, men med djævelens vold og magt vil ha et gilde ud af det, der har vasket sig. Enkelte af pensionærerne har noget stående på en flaske, men det rækker hverken halvt eller helt, og der er en stadig renden op og ned ad trappen til urtekræmmeren der aldrig er bange for at la noget slippe ud ad bagdøren når det er til pensionatet oppe på tredje. Studenten, ham den blege og stille, der lige er flyttet ind, er også med, men det er ikke rigtig hans miljø, han falder ikke rigtig til, han sidder og ser ud som om han nærmest sidder der af høflighed. Elly og kokkepigen falder heller ikke rigtig til. I begyndelsen ikke i hvert fald, de er lidt beæret over at sidde der inde i stuen blandt pensionærerne, og synes det ville være frækt og pågående hvis de satte sig ordentlig til rette i stolene. Frk. Jørgensen er i sit es og de fleste af pensionærerne opfører sig som om de i årevis havde ventet på denne aften for rigtig at fylde spiritus på sig. Og de gør det som om det egentlig ikke smagte dem rigtigt, men det gjaldt om at få så meget ned som muligt på den kortest mulige tid. Og stemningen udeblir ikke, de blir så muntre at der ingen ende er på det, og alt det de ikke tør sige til daglig af vovede ting, tør de nu pludselig højt og lydeligt råbe ud og genta for at være sikre på at det er blevet hørt hvor åndrige og dristige de i virkeligheden er. Den lange fra Odense, der er herovre for at gå på handelsskole og til daglig er en mut fyr der ikke er til at slå fem flade ord af, viser sig nu at være den med de mærkeligste påfund. Sin største succes har han da han løfter statuen af Afrodite ned fra bogreolen og gir sig til at kilde hende på uanstændig måde. Det må siges til damernes ros at de rødmer. Undtagen frk. Jørgensen altså, hun tilkaster den lange odenseaner brændende blikke, og han selv blir så betaget af sin succes at han stiller Afrodite midt på bordet for at de ikke skal glemme den foreløbig. Papirmanden er henrykt over at der virkelig er kommet en aften ud af det og ruller hele sit righoldige repertoire ud, han synger »Hjalmar og Hulda« så de allesammen blir rørte og får frk. Jørgensen til at erklære at hun altid har elsket kunst, ja at hun er en hund efter kunst og at hun hvis skæbnen havde været hende blid, utvivlsomt var blevet kunstnerinde eller gift med en billedhugger. Hun har i sin ungdom malet, og da de nu alligevel snakker om det, er hun ikke bange for at betro dem at det er hende der har malet det billede der hænger inde på Christensens værelse og forestiller nogle blomster i en vase. De sir allesammen at de har set og beundret det billede, og om det virkelig er sandt at det er hende der har malet det, at det er et glimrende billede og at det er synd og skam at hun ikke fortsatte som kunstnerinde.

Men da hun som tak for komplimenterne begynder at blive sentimental og rørstrømsk og vil til at fortælle om da hun i sin tid som ung pige kom fra provinsen til København, finder papirmanden at stemningen er ved at komme ind i et galt spor og kaster sig ud i en historie der er ualmindelig skrap, og den lille pilne isenkramkommis der til daglig ikke gir en tiøre ud uden at vende den fem gange og som ikke engang nænner at gi sporvognspenge ud når han skal besøge sin tante i Sundby, trækker med én gang en tikroneseddel op af lommen og smider den med en overordentlig gestus på bordet og erklærer at nu skal vi den onde lyneme ha noget at drikke og ikke sidde og vrøvle om barndomsminder.

Men papiragentens historie må alligevel ha været for skrap, for pludselig rejser den stille student sig og erklærer at dette her vil han ikke længere være med til. Det stille pæne menneske holder direkte dundertale, sir noget om at han vil ikke blande sig i deres svinerier når de holder dem for sig selv, men at det er et stift stykke at sidde og fortælle den slags når der er et barn til stede. Ok Gud, — sir barnets mor, det tar hun såmænd ingen skade af, hun er vant til det derhjemmefra, vi er frisindede mennesker og der skal ikke skjules noget for barnet.

Men dette er ikke frisind, sir studenten, det er svineri, og jeg for min part vil ikke være med til det.

Nu har det imidlertid hele aftenen været tydeligt for enhver at frk. Jørgensen er ikke så lidt interesseret i studenten, det var ham hun så på, da hun fortalte om sit maleri, og det var egentlig ham hun talte til da hun fortalte om sin pure ungdom og sine kunstneriske ambitioner, og hun har flere gange i aftenens løb forsøgt at komme i kontakt med ham. Og ligeledes har det hele aftenen været tydeligt for enhver at studenten var interesseret i Elly, gang på gang har man lagt mærke til at han sad og så på hende, og flere gange har man set dem smile til hinanden.

Og det er vel det der er baggrunden for at frk. Jørgensen køligt erklærer at hvis han ikke befinder sig godt her, er der ingen der holder på ham.

Da han er gået, er der en lidt trykkende stemning, og da de har siddet et stykke tid, blir det foreslået at frk. Jørgensen skal gå op og tale ham til rette og få ham herned igen.

Men frk. Jørgensen erklærer spidst at det er Elly vist bedre egnet til. Og da de allesammen presser på hende og hun har lyst til at ærgre frk. Jørgensen, indvilliger Elly og går op og banker på studentens dør.

HAN har allerede taget sko og jakke af, men blir tydeligt glad ved at se at det er hende der kommer. — Å, er det Dem, sir han og blir rød i øreflipperne. Han er lidt forlegen over situationen, byder hende en stol, men vil på ingen måde med tilbage. I stedet sætter de sig til at snakke, han fortæller hende af hjertens lyst om sig selv, han sympatiserer med nøgenkultur og ville være vegetarianer hvis det ikke var for dyrt og for besværligt. For øvrigt er han fra Færøerne og har et navn som næsten ikke er til at sige. Hun sidder og undrer sig over nogle træfigurer han har, og synes at de egentlig burde ha haft bukser på, det stemmer da dårligt med hans forargelse nede i stuen før. Han svarer at det er negerskulptur, og at han ikke har dem for uanstændighedens skyld.

Mens de sidder og snakker kommer frk. Jørgensen og vil ha ham med ned. Men han vil ikke, og da frk. Jørgensen kaster et opfordrende blik til Elly om at gå, lader hun som om hun ikke bemærker det.

Da frk. Jørgensen lukker døren efter sig på en demonstrativt kraftig måde, hører de døren gå i slå. Det er en yalelås der har den egenskab at den ikke kan lukkes op indefra når den drejes en ekstra omgang.

Da Elly lidt efter vil gå, kan den ikke åbnes. De prøver begge to på alle måder, men den er og blir lukket. Han sir smilende at så må hun jo altså blive her i nat. Men det vil hun ikke høre tale om, og studenten går så vidt i sine anstrengelser at han åbner vinduet og prøver over gesimsen at nå hen til næste værelses vindue. Men det kan ikke la sig gøre, og efter at ha dundret på vægge og dør i ti minutter, må hun finde sig i at låne et tæppe fra hans seng og lægge sig til at sove på hans divan. Hun ber ham om ikke at slukke lyset og ligger og stirrer så længe på fedtpletten på tapetet ved divanens hovedgærde at hun omsider falder i søvn. Et eller andet sted i huset er der en grammofon der spiller »Tiger Rag«.

Da hun vågner næste morgen, er hendes beslutning klar, hun vil ikke være i dette pensionat en time længere. Studenten sover stadig, hun lister forsigtigt op, og da hun tar i døren viser det sig at den nu er åben. Hun lister stille ned på sit kammer, hele huset sover endnu. Hun pakker hurtigt sin kuffert og sin attachétaske og lukker sig ud af køkkendøren og kommer ad køkkentrappen ned i gården, går gennem en port og står med en gang på gaden hvor sporvognene allerede kører, og synes at hele denne pensionatshistorie bare har været en drøm. Hun er ikke klar over, hvad hun nu vil gøre og spekulerer heller ikke særligt over det. Hun har kun den tanke i hodet at hun er sluppet bort fra alt dette og at ingen magt på jorden skal få hende tilbage dertil.

Det er morgen, men mørkt endnu, en mand er ved at feje fortovet, og ovre fra bagerbutikken falder det gule lys i en bred stribe ud over gaden. En mælkevogn rasler gennem gaden, og nede ved Vendersgade holder en lang række gartnervogne med grøntsager til torvet.

TREDJE KAPITEL

Nu til morgen er vejret køligt og gråt med en lys tone, en sporvogn skriger i kurven ovre ved Politikens Hus og en flok duer klaprer larmende i en halvcirkel over Rådhuspladsen og slår ned lige ved siden af smørrebrødsvognen hvor de gir sig til at gå og pikke mellem brostenene som om de bildte sig ind at der virkelig var noget at finde her på den morgengolde, nyfejede plads. Asfalten er endnu våd af den klamme dis der i de sidste nattetimer har ligget over byen, men en frisk østenvind har fejet den bort, en karsk og lidt brutal vind der kommer ude fra Sundet og har en duft af saltvand og tang med sig.

For øvrigt er det ingen dårlig luft at komme ud i for de hundredtusinde der netop nu tumler ud af sengene, sluger en kop kaffe og maser ud i den kolde morgen på cykel, til fods og i sporvogn, hele den navnløse hær af arbejdere, kontorister, butiksfolk og funktionærer der myreflittigt passer hver sit lille hjul i den mægtige mekanisme der udgør en moderne storby, alle disse hundredtusinder der i højere grad er denne by end det overfladisk ser ud til. Sådan en morgenkulde er ikke værst, den bider i de nyvaskede ansigter og gør vågen, og længe efter man er kommet i gang ved maskinen, disken eller skrivebordet, sidder kulden i huden.

For den der ikke er fortrolig med denne bys dagligliv, tegner København et let og overfladisk billede af radio-

transmitteret forlystelsesliv, midnatskabareter og stor-
restaurationer, teaterliv og maleriudstillinger, her sidder
lovgivningsmagten, storbankerne og højesteretssagfører-
ne, her er Tivoli og Wivex, Nyhavn og Dyrehavsbakke, Fri-
hedsstøtte og Hovedbanegård, mannequinopvisninger og
folk der sidder og drikker te til musikledsagelse midt om
eftermiddagen, — for den der ikke er fortrolig med denne
bys dagligliv, er det let at overse at her arbejder hundred-
tusinder af mennesker hårdt og dagligt for at opretholde
en nøjsom levefod, København er mere og andet end Ti-
voli og stormagasiner, det egentlige København ligger ude
på broerne, endeløse karreer i smalle gader, myretuer af
arbejdende mennesker, en hårdt arbejdende femtedel af
det Danmark der tilfredsstiller den danske befolknings
livsfornødenheder.

Det er en morgen sidst på vinteren og mørkt endnu,
kulden stryger ude fra Sundet gennem gaderne og gen-
nemisner de uendelige strømme af cyklister der forover-
bøjet mod vinden strider sig frem til deres arbejdsplads,
her og der er man allerede i fuldt sving, her og der tændes
lys på kontorer og lagre, i fabrikkerne drejer de tunge hjul
allerede, stemplerne arbejder, her står en uendelig kø af
tyndt påklædte arbejdsløse for at blive indskrevet til sne-
kastning, dér holder en gadefuld lastbiler for at hente va-
rer fra et skib der er sluppet gennem isen til havnen, i de
store virksomheder går menneskestrømmen ind gennem
portene, man viser sit nummer, kontroluret noterer ens
rettidige ankomst, dagen er begyndt på ny.

I et af de store hoteller er dagen kun begyndt i kælde-
ren, værelserne ligger endnu stille og natligt hen, i restau-
rationen er ungtjenerne ved at lægge servietter kunstfær-
digt sammen og pudse glas, overtjeneren er ikke kommet
endnu og buffisten er ved at gøre klar til completerne, i
portierlogen døser natportieren over morgenaviserne,

kun i kælderen er dagen allerede i fuldt sving, køkkenkarlene slæber med varer, pigerne bakser med store gryder og maser på med opvasken fra i nat, kuske og bude fra leverandørerne kommer og går, og køkkenchefen er ved at forhøre en ung pige der er kommet for at søge den averterede plads som køkkenpige.

Hvor hun har været før?

Hun har været på et pensionat, sir hun. Hun har et frejdigt ansigt med en lille næse og klare levende øjne. Hun står der og piller ved låsen på sin attachétaske og forklarer på sit gode jyske mål at hun kun var otte dage på det pensionat og at hun gik derfra nu til morgen på grund af forholdene. Hun er net og sirlig i tøjet, hun har en grøn kåbe på med en lille pelsstrimmel i halsen.

Hvor længe hun da har været i København?

Ja, hun har altså kun været her otte dage, sir hun, — det var hendes første plads. Hun ser lidt bekymret på ham og er bange for ikke at få pladsen. Hvor kan hun vide at det eneste der interesserer ham, er om hun kan bestille noget, om hun er kraftig nok, at han allerede har antaget en i dag og at dette hotel i det hele taget antar enhver pige der bare ser ud til at kunne rubbe sig, og at det er så svært at holde på pigerne her at man aldrig kan få nye nok.

Han går ind i et lille kontor og kommer tilbage med en protokol, tar blyanten fra øret og spør om navn og adresse.

Elly Petersen, svarer hun. — Fra Frederikshavn.

Javel, sir han, — men Deres adresse her i byen?

Jae, sir hun og ser tvivlrådig på ham. — Jeg har jo boet på det pensionat lige til i dag, så jeg har sådan set ingen bopæl i øjeblikket.

Men han synes at være vant til situationen og sir at han jo kan skrive pensionatets adresse indtil videre. Så kan hun måske nå i dagens løb at få lejet et værelse.

En af køkkenpigerne der står lige ved dem og skraber

gryder, vender sig om og sir at det behøver hun ikke, hvis hun vil kan hun dele værelse med hende, hun bor i Knabrostræde og har hidtil delt værelse med en pige der nu er rejst.

Jaja, sir køkkenchefen, så er den altså i orden. Så møder De altså her i morgen tidlig klokken seks. Lønnen er femogtredve kroner om ugen.

Nu er hun altså køkkenpige på det store hotel, det er ikke to timer siden hun gik fra pensionatet, og hun har allerede skaffet sig en ny stilling. Hun aftaler med den anden pige om at træffe hende klokken fire og følges med hende til værelset, i mellemtiden har hun fri og kan gå lidt rundt og kigge på byen.

DA hun kommer op på gaden, er det blevet dag. En klar lysegrå kold dag. Hun går langsomt ned ad gaden og føler sig som turist. Tænk at gå her midt om dagen ganske rolig mens andre mennesker arbejder. Hun har sit pæneste tøj på og penge i tasken. Hun kan spise på restauration hvis hun har lyst, hun kan gå på Thorvaldsens Museum, hun kan gå og se på butikker og gå ind et sted og drikke kaffe hvor der er musik. Det er ikke det samme som en fridag, en fridag er kun en halv dag hvor man har hundrede ting at gøre.

Da hun drejer om hjørnet, vender hun sig om og ser på hotellet, det er et flot hotel, det ser dyrt og fornemt ud med store spejlglasruder og svingdøre. Hun vil se at få fat i et postkort med hotellet på og sende hjem og fortælle at hun har fået stilling der, det er sikkert bare internationale og mærkelige mennesker der bor der, amerikanske direktører og grever og sådanne folk med masser af kufferter der er overklistret med alverdens hotelmærker.

Da hun har drysset rundt en times tid og set på gader og folk, er hun blevet sulten, men har vældigt mas med at finde et sted at spise hvor der ikke ser for dyrt ud. Omsider beslutter hun sig til at gå ind i en automatcafé på Strøget.

Mens hun sidder og rører i kaffen, kan hun ikke la være at betragte de unge piger der passer buffeten: Hvor er de nydelige i deres hvide kitler, deres øjenbryn er smalle, og håret sidder i fine bølger som om de kom lige fra frisøren, det skal nu være noget af det første Elly får lavet, her sidder hun og føler at enhver kan se på hende at hun lige er kommet fra provinsen.

Der er kommet en ung mand ind og står og er ved at ta sig et glas øl i automaten. Hun synes bestemt hun kender den nakke, og da han et øjeblik efter vender sig om, gir det et sæt i hende, jo det er Hjalmar, der arbejdede som nitter ved værftet i Frederikshavn sidste sommer, sheiken fra lørdagsaftenerne i Cimbria. Hvor ser han knagende godt ud, hun husker hvor pigerne var tossede med ham, han var altid elegant og dansede godt, der var noget over ham der ikke var over de andre, måske var det fordi han var fra København.

Hun sidder og føler sig lidt varm i kinderne og venter på at han skal få øje på hende. Han har en stor blød ulster på med silketrekant i ryggen, og i hatten sidder der en lille grøn fjer i båndet, i brystlommen stikker der et lille silkelommetørklæde op, og der er slangeskind på siderne af hans sko.

Mens han går og leder efter et sted at sidde, følger hun ham spændt og forventningsfuldt med øjnene: se nu herhen, din dumme fyr. Måske han ikke engang kan huske hende, de par gange de har danset sammen, og han som jo dansede med så mange.

I det samme ser han hende, først ligegyldigt og derefter interesseret og eftertænksomt. Hun smiler hjerteligt og oplivet til ham og er lige ved at rejse sig op.

Han kommer langsomt hen mod hende, ja det kender

hun igen, han har aldrig været den der sprang for pigerne.

Han sætter sig ugenert ned ved hendes bord, og hvis Elly ikke var så oprømt, ville hun kunne se, at det ligefrem lyser ud af ham at han ikke aner hvor han har set hende før.

Vi kender vist hinanden, sir han.

Ja, mon ikke Hjalmar, svarer hun og er så overstrømmende glad at hun ikke kan skjule det. Måske hun heller ikke er af den slags at hun prøver på at skjule det.

Han prøver behændigt at få samtalen drejet sådan at han kan blive klar over hvor de kender hinanden fra uden at hun mærker noget. Hun føler hans mangel på hjertelighed og kommer til at tænke på hvor provinsagtig hun ser ud og at det nok er det; han var da ellers ivrig nok oppe i Frederikshavn, men det var jo også noget andet, her hører han jo hjemme og han er måske ikke ligefrem begejstret over at blive set sammen med sådan en lille provinspige som hende.

Nå, sir han, og nu er du altså kommet til København.

— Men da hun fortæller at hun i dag har fået ansættelse som køkkenpige på det hotel, ser han betænkelig og lidt utilfreds ud, og hun føler sig igen så ubetydelig og ønsker pludselig at hun i stedet var blevet ekspeditrice i et stormagasin eller sådan noget. Eller i hvert fald noget som en af de smarte piger ved buffeten.

De går sammen ned ad gaden, og hun fortæller ham om rejsen til København og pensionatet og alt det der, og at hun klokken fire skal træffe den anden køkkenpige som hun skal bo sammen med. Hør, — siger han, — det her går ikke, du må ikke begynde på den plads som køkkenpige, og du må ikke bo sammen med den pige du taler om, det fører dig lige lukt ned i skidtet.

Å vrøvl, svarer hun, — når jeg har taget pladsen, er jeg også nødt til at begynde på arbejdet, man kan ikke sådan ta en plads og så blie væk, hvis jeg ikke synes om at være der, kan jeg altid søge noget andet.

Selvfølgelig kan du blive væk derfra, sir han, det er de vant til på det hotel. Jeg kender mere til det der end du gør, hvis du først kommer ind i det, ender du på Rudolph Bergh eller hos sædelighedspolitiet, du kan tro jeg kender rumlen.

Å sludder, mener Elly, men det er tydeligt, at hun er blevet betænkelig. Hvad skal hun desuden gøre hvis hun ikke tar pladsen, hun har jo ingen steder at bo.

Det ordner sig, svarer han, du kan bo hjemme hos os, jeg bor hjemme hos de gamle, du kan bo der til du har skaffet dig en ordentlig plads.

Men det vil Elly ikke høre tale om, hun er vel voksen nok til at passe på sig selv. Det kan godt være der er noget om det han sir, han kender jo København, men hun skal nok klare sig. Hvorfor bor han hjemme?

Jo, svarer han, han bor altid hjemme når han ikke har noget at rive i. Denne gang har han gået i fem uger, når han får arbejde igen, lejer han sig et værelse, de gamle bor i en kolonihave i Frederiksholm, det er ikke så godt om vinteren og desuden er det for langt væk fra alting. Men det er jo altid bedre end ingenting, og han synes alligevel hun skulle tænke over det, hun kan jo meget hurtigt skaffe sig en anden plads.

Men det med at flytte hjem til ham vil hun overhodet ikke diskutere mere, hun kender ham jo heller ikke sådan noget videre. I stedet spør hun ham om han ikke vil gå med hende i Thorvaldsens Museum.

I Thorvaldsens Museum, spør han forbløffet, hvad i alverden vil du der?

Jo, hun vil se det hun har altid tænkt sig, at når hun kom til København, ville hun se Thorvaldsens Museum og op i Rundetårn, hvorfor synes han det er så morsomt?

Det er sgu det mærkeligste han har hørt endnu, sir han, i Thorvaldsens Museum, men gud bevares, for hans skyld kan de såmænd godt gå i Thorvaldsens Museum. Han ved dårligt nok hvor det ligger, men ved at spørre en betjent finder de ud af det. Ja, det ser jo unægteligt lidt kedsommeligt ud, der står alle disse statuer og ser så kolde og hvide og ligegyldige ud, den ene ved siden af den anden med deres døde øjne. Elly kan ikke lade være at kaste et sidste blik tilbage over skulderen, dér udenfor ligger kanalen med alle hyttefadene og fiskerbådene, ovre på den anden side sidder fiskerkonerne, der kommer et rødt postbud ud af Assistenshusets port og oppe ved Stormbroen sidder en flok drenge med lange medestænger og fisker, skulle der virkelig være fisk der nede i kanalens snavsede vand med de drivende isflager?

De går ind gennem den store sal og føler sig så underligt små mellem alt det marmor. I biografen i Frederikshavn har hun en gang set en statue på film, den stod på en sokkel der drejede, og det så livagtigt ud som om den var levende, men statuerne herinde står døde og kolde omkring dem. Det er måske fordi der er alt for mange af dem, hvis der bare var en enkelt, ville man måske kunne se den på en anden måde. Der nede i den anden ende står en statue af en ung nøgen mand, den har samme størrelse som et rigtigt menneske og er så smuk at hun ikke kan få øjnene fra den. Da opsynsmanden i det samme kommer igennem salen, tar hun alligevel øjnene fra den med en følelse af at ha gjort noget forkert. Men da han omsider har passeret dem, går hun ned til statuen for at se hvordan den ser ud på nært hold, Hjalmar ser hun ikke noget til derfra hvor hun står, og hun føler det rart at kunne stå her og se på statuen uden at blie iagttaget. Hun går langsomt rundt om den og forestiller sig at den drejer på sin sokkel og blir levende som den statue hun så på film, og da hun er nået rundt om den, er dens knæ lige ud for hende og hun strækker uvilkårligt hånden ud for at røre ved det. Men i det samme er opsynsmanden der igen, det irriterende menneske, hun føler en let rødmen i kinderne som om hun var grebet på fersk gerning, det er fjollet af hende, manden kan jo ikke vide noget som helst om at hun havde haft i sinde at lægge hånden på statuens knæ. Han er utålelig længe om at passere, og da han endelig er væk og hun stadig ikke kan se noget til Hjalmar, strækker hun hurtigt hånden ud og lader den glide nænsomt om marmorknæet, ja nu er den som levende, og hun får en stærk og nærværende fornemmelse af det menneske der engang har stået model for billedhuggeren.

Da hun endelig vender sig fra den og går rundt for at se efter Hjalmar, gør hun den forbløffende opdagelse at den blaserede nitter der mente at museer var lige så kedelige som kirker, er blevet i den grad interesseret at han endnu står ved statuerne lige indenfor døren. Men herregud, menneske, står du her endnu, — sir hun, — men nitteren ser bare åndsfraværende på hende og er næsten ikke til at drive fra den ene statue til den anden. Men de kan jo ikke blive her resten af deres liv, hun er utålmodig og er begyndt at kede sig lidt, hun skynder på ham og sir at de jo kan gå herind en anden dag igen.

Da de kommer ned til hendes yndlingsstatue, er hun kåd og stryger den overgiven over armen til trods for at opsynsmanden står og ser på dem.

Det er mærkeligt med nitteren, han er en helt anden end han var i automatkafeen, alt det sheikagtige og dæmoniske er borte: Ved du, — sir han til hende, — jeg har altid haft sådan en lyst til at skære figurer i træ. Når der ligger et stykke træ på værkstedet, synes jeg altid det ligner et eller andet og får lyst til at skære i det så det ligner bedre. Han sir det i en indtrængende, fortrolig, ivrig tone, som en skoledreng til sin kammerat.

Da de kommer ud igen blandt cyklerne og sporvognene og kanalen og fiskerkonerne og alt det, trækker Elly vejret dybt og sir at der alligevel er morsommere her udenfor.

Og det vil nitteren, der her på gaden igen er ved at blive sheikagtig, nok gå med til, men han sir noget om at det netop er blevet morsommere efter at de har været på museet. Han sir det tøvende og kejtet og ved egentlig ikke rigtig hvad han mener med det, føler bare at sådan er det. Da de nu er så godt i gang, kan de lige så godt ta Rundetårn med det samme. På vejen derhen tar han hende under armen, og de er dårligt nået over Højbroplads før han igen begynder at overtale hende til ikke at begynde på det hotel. Hun må ikke gøre det, hun kan ta med ham hjem, og i løbet af nogle dage kan hun finde en bedre plads.

Og om det nu er fordi han var så drengeagtigt ivrig inde på museet eller det er hende selv der er sket en forandring med, er hun i hvert fald nu mindre sikker på at hun vil ta den plads. Desuden har hun jo vundet en slags sejr over ham med den museumshistorie, og det gir hende mere tillid til ham. Det kan jo heller ikke være så farligt at bo hos ham et par dage eller tre, hun dør da ikke af det.

Men da de har været oppe i Rundetårn og se ud over tagene og igen er kommet ned på gaden, ser hun pludselig på et ur at det er lige ved den tid hvor hun skal træffe pigen, og ber ham om at følge sig derhen.

Så vil du altså alligevel ta det arbejde på hotellet, — sir han. Og da han har en ærgerlig og irettesættende tone på, svarer hun aldeles omgående, at det har hun jo sagt.

På Rådhuspladsen står pigen der allerede, hun er nydelig i tøjet og der er skam ingen der kan se på hende at hun er køkkenpige på et hotel. Elly sir farvel til Hjalmar og sir desuden, at hvis han har lyst til at træffe hende, ved han jo altså hvor hun er.

DEN anden pige hedder Agnes og hendes værelse ligger på en lang gang og har egen indgang. Der er mange værelser på den gang, og lige ved trappen er der en grønmalet jernkumme og en vandhane til fælles afbenyttelse for gangens beboere. Der er w. c. i gården, det vil sige w. c. er det jo ikke, forklarer Agnes, men det kalder man nu en gang den slags indretninger, selv om det bare er en spand der blir besørget af natrenovationen.

Værelset er såmænd slet ikke så lille. I hvert fald rigeligt stort til de møbler der står der. En jernseng, en divan, et spinkelt bord, to sovekammerstole og en kommode.

Det er ikke fri for at Elly er lidt betuttet, men hun skjuler det så godt hun kan. Hun føler at her vil hun ikke være længere end højst nødvendigt.

Men Agnes må alligevel ha kunnet mærke det på hende, hun har sat sig med overtøjet på på sengen og har taget skoene af fordi hun har knyster og skoene klemmer hende: Jeg blev osse lidt lang i masken da jeg så værelset første gang, sir hun så, — men man vænner sig til det, og desuden er man her jo kun når man sover.

Jae, indrømmer Elly elskværdigt, og når det kun er for en tid, er det jo udmærket.

Ja, sir Agnes, det er nøjagtigt hvad jeg tænkte. Elly står så underligt midt i værelset og ved ikke rigtigt om hun skal sætte sig eller ej. På væggen hænger der et litografi af Christian den niende til hest, og på tapetet over divanens hovedgærde er der mørke pletter af fedtet hår. På en kurvekuffert står der en plante der ser ud som om den ikke ved om den vil dø eller ej. Fra vindueshaspen til kakkelovnen er der spændt en snor hvor der hænger strømper til tørre.

Hvor længe har De boet her, — spør hun.

Tja, hvor længe har jeg boet her, sir Agnes. Lad mig se. Jeg kom til København i maj måned og flyttede herind i juni, til juni har jeg boet her i to år. Ja tænk, sir hun for sig selv og stirrer på Christian den niende, jeg har sgu snart boet her i to år.

I to år, sir Elly og ser på pigen der sidder der på sengekanten og gnider sine knyster. — I to år?

Ja, svarer pigen langsomt og er osse selv lidt forbavset og nedtrykt, som om det først nu går op for hende. Ja det har jeg jo altså.

Og hun sidder og ser hen for sig: Ja det kan De måske ikke forstå, hvis nogen havde sagt mig, da jeg begyndte på det hotel, at jeg ville være der om to år, ville det bare ha moret mig. Det går sådan forstår De, uden at man egentlig rigtigt ved hvordan det går til. Det var jo ikke helt det jeg tænkte mig da jeg rejste til København.

Og som om det forklarede alting, tilføjer hun pludselig at hun er fra Sakskøbing.

Et øjeblik står Elly og betragter hende spekulativ og vildrådig.

Så tar hun sin kuffert og gir sig til at pakke ud. Det er begyndt at regne. Store regndråber hamrer mod taget, og i et nu er ruderne sløret af vandet der driver ned over dem, og det gurgler og klukker og risler i tagrenden.

FJERDE KAPITEL

FRA provinsen strømmer de unge til København. Rutebåde og jernbanelinjer er som transportbånd, der ustandselig fører nyt menneskemateriale til denne by. Ustandselig kommer der nye op ad Hovedbanegårdens trappe eller ned ad Jyllandsbådenes landgangsbroer. De kommer hertil i begge køn og fra alle egne af landet, stadig nye, stadig nye. Nogle kommer hertil med store forhåbninger, nogle med beskednere, en enkelt måske uden. Nogle klarer den, nogle klarer den endda ualmindelig godt, nogle klarer den mindre godt. Og nogle klarer den ikke. Denne evigt glidende strøm er ikke bare et problem hos os. Den er et problem overalt. Flugten fra land til by. Trafikruterne er som fangarme der når ud til de fjerneste afkroge og trækker mennesker til de store byer. Regeringerne vedtar forholdsregler, men strømmen fortsætter. Hvad hjælper forholdsregler mod menneskers desperate kamp for at få noget ud af deres tilværelse. Mennesker har kun ét liv og hver især har sine drømme. Ustandselig fører transportbåndene nye menneskeskæbner til storbyen, med hvert skib, med hvert tog er der nye. Hvad hjælper love mod drømme. Hvem vil ikke ha noget ud af sin tilværelse. Hvis ungdommen så et livs rige muligheder i provinsen, ville strømmen standse.

Det år, vi havde den hårde isvinter, kom en pige hertil fra Frederikshavn. Hun hed Elly Petersen og var datter af en murer ude på Bangsbo Strand. Det var sidst på vinteren, da isen endnu skabte forstyrrelse i trafikken, hun kom hertil med Aalborgbåden og havde den oplevelse at sidde fast i isen udfor Kullen en halv dags tid, til Storebjørn kom og skaffede åbent vand. Hun var en af disse lyse piger med klare blå øjne og et par hænder der er vant til at ta fat hjemmefra, lidt røde hænder der har let ved at blive kolde, en sekstenårig pige der ikke kunne gå hjemme hele sit liv og pr. annonce havde fået plads på et pensionat i Farimagsgade. Det var sidst på vinteren, og hun husker godt den aften hun kom til København. Selv om hun synes det er længe siden. Nu er det snart ved at være sommer, det er godt hen i maj og dannebrogsflagene smælder i vinden over kolonihaverne i Frederiksholm. Himlen er fint blå, der er bare et par enkelte lette, hvide skyer, og der er grammofonmusik og kaffekopklirren fra haverne rundt om, det er søndag og kolonihavefolkene spadserer rundt i gangene og kigger over stakitterne ind i hinandens haver.

Her bor Elly altså nu, og det var vel ikke helt det hun havde tænkt sig da hun rejste til København. Hvis hendes søster anede hvordan det var gået hende i København, ville hun ryste medlidende på hodet og sige herregud, og hun ville i sit stille sind endnu engang gøre sin status op og konstatere at der jo alligevel er forskel på mennesker. Hendes søster hed Alma og var en kølig og nøgtern karakter, hun havde ikke forladt sin plads i utide, og da tidens fylde kom havde hun giftet sig med en svensk ingeniør som hun ikke var forelsket i. Nu boede hun et eller andet sted i Nordsverige og var frue, og det var vel sådan set godt nok til hende. Vist er der forskel på folk.

Sagen er at Elly skal ha et barn. I hvert fald er der visse ting der tyder på det. For et par dage siden begyndte hun at blive bange for det, og nu er hun sikker i sin sag. Hun står der ved rækværket og ser ned ad kolonihavegangen uden egentlig at se noget. Rundt om hende skratter grammofonerne, en solsort sætter i lange hop over gangen, hyldebærbuskene bag stakitterne er sprunget ud, det er sidst i maj, solen spejler sig i vandpytterne, men hun ser det dårligt nok, fornemmer det ikke.

D ER er lige så stor forskel på kolonihavebyer som der er på et villakvarter og en vesterbrosk sidegade. Nogle kolonihaver er steder hvor velbjærgede arbejderfamilier tilbringer søndagen og lune sommeraftner, et sted hvor man glæder sig over at kunne gå og rode lidt i jorden, gå rundt med en pind og jage larver ned af kålhoderne, sidde i en kurvestol i skjorteærmer på en bittelille plæne, sidde og ryge sin pibe og la solen skinne på sig, gå rundt i noget gammelt kluns og gasse sig, drikke sig en bajer hvis det blir for varmt, og stikke næsen ind i det lille primuskøkken for at se hvad vi skal ha til middag. Det er nok steg, det er altid steg. Steg og rødgrød. Forhåbentlig er der agurkesalat til stegen, fru Jensen fylder hele det lille køkken med de to hvæsende primusser, at hun kan holde ud at være inde i den varme, hun er fuldkommen som kogt i hodet, men man får alligevel et venligt blik, for det er jo søndag, det er sommer, vejret er strålende og der er længe til mandag morgen med fabriksfløjte og trappevask.

Men der er andre kolonihavebyer, småbyer med helårsbeboere, folk der ganske simpelt hen bor her fordi de ikke har andre steder at bo. Her er husene ikke så sirlige, ikke så nymalede, de er ikke lavede til med små tossede tårne for at få dem til at ligne villaer, nogen af dem er ikke engang huse, men bare skure. Nogen er ikke engang skure, men bare huler af gamle blikkasser, den rene elendighed om vinteren og forbudt af bygningskommissionen til helårsbeboelse, et forbud der er lidt til grin, da det ikke kan håndhæves. Det er småbyer uden plan og parcelinddeling, her og der står der en zigøjnervogn, her og der et sammensunket skur tættet med tagpapstumper og med en sækkelærredsportiere i stedet for dør, her og der et enkelt nydeligt kolonihavehus, pænt malet og med gardiner bag blankpudsede ruder. Én eneste forvirring af boligtyper.

Men gangene har dog karakter af gader, der er numre på skurene og små brevkasser på lågerne eller dørene, og nu det er forår, nu her i maj måned er der en frodighed og et smil over denne lille by som en baggård ikke har, i et og andet vindue står der en pelargonie, et sted er der en altankasse med bellisser og lathyrusser, mange af folkene her har høns og lukker dem simpelt hen ud i gangene hvor de går og skraber og ter sig og skrukker og kagler, så man blir helt ør af al den forårsmusik og af det blændende solflimmer der reflekterer og smutter i småruderne og vandpytterne.

Det hus Elly står udenfor, er et af de pæne og velholdte, brevkassen på lågen er nymalet grøn, og et kanariefuglebur med to små lysegule væsner er hængt ud på ydervæggen i solskinnet.

Pludselig er der en stemme omme bag huset der råber: Elly.

Men Elly svarer ikke. Hun står der ved lågen og stirrer frem for sig og hverken hører eller ser, en slank lyshåret pige dér i solflimmeret, en sekstenårig pige, der er så opfyldt af den tanke at hun nok skal ha et barn, at verden om hende bare er en tåge uden lyde og konturer.

Men stemmen der omme bag bagsiden af huset er der igen: Elly.

Det rykker til i pigen, hun blir langsomt nærværende, løfter hodet lidt, tar sig så sammen og får svaret ja, så det dårligt nok kan høres.

Hun går om bag huset, lidt nølende, lidt uvilligt. I en

kurvestol sidder der en fed mand i skjorteærmer. Han skal lige til at råbe igen, da hun kommer. Han ser venligt på hende og sir: Hvor faen blir du af, her sidder man og råber. — Han studser og ser opmærksomt på hende med et par kloge øjne: Hør hva er der i vejen med dig, pige? Elly svarer ikke. Ikke af uvenlighed, men fordi hun ikke synes der er grund til at svare.

Men den tykke i stolen sidder der og trækker brynene sammen, sidder der og blir opbragt over at pigen ikke svarer. Livet har behandlet ham skidt, han er for ofte ude for at måtte finde sig i at man ikke svarer ham, til at han også skulle tåle at man er overlegen overfor ham i hans eget hjem. Det trækker sammen i ham, solen bager ulideligt, han er ved at gå til af fedme og varme, og dér står pigen og glor dumt og svarer ikke når han venligt spør hende om noget, en pige han gæstfrit har åbnet sit hjem for fordi det fjols til hans søn går og roder sig ind i alverdens ting.

Så svar mig dog, braser det ud af ham. Der er grænser for hans tålmodighed, når han spør skal der svares. Han sidder der oppustet og rød i hodet og forlanger et svar. 200 pund der vil ha svar, og det nu.

Men i stedet for at svare står pigen bare og ser frem for sig, og med en gang ser han at hendes øjne er våde. Men herregud, menneske, hva går der af dig. Og det tykke menneske får bakset sig op af den knirkende kurvestol og er på vej hen imod hende for at spille rollen som den ældre forstående trøster. Men inden han er nået så langt, har pigens gråd fået overhånd, det er brudt sammen for hende og hun har pludselig givet det hele frit løb og er styrtet ind i huset, ind i det bageste værelse hvor hun har kastet sig på sengen og bare ligger og hulker med hodet ned i dynerne, hulker uden en lyd, hendes skuldre rykker det i som af krampe og af og til hiver hun voldsomt efter vejret.

Den tykke blir overrumplet stående og kigger efter hende, han står der og ser ud som om han prøver at tænke sig om. Rundt om ham ligger kolonihavebyen i solen, det er søndag, flere steder hænger små dannebrogsflag og blafrer dovent i majvinden. På vejen udenfor kører en præst forbi på damecykel, og henne ved det store bølgeblikskur står en lille dreng og pisser ned i grøften.

ELLY Petersen kom til København sidst på vinteren hvor hun tiltrådte en plads på et pensionat, et af disse pensionater der søger sine piger i provinspressen. Piger fra provinsen kan man byde mere, man søger piger fra troende hjem og sætter familiær stilling i parentes. Med sådanne piger risikerer man kun at de forlader deres plads i utide, hvis de har ben nok i næsen til ikke at la sig byde hvad som helst. Det havde Elly, og da hun syntes det blev for broget, gjorde hun det selvfølgelige at hun pakkede sin kuffert og gik sin vej, slog op i en avis og fandt ud af at et hotel på Rådhuspladsen søgte en køkkenpige. Det er hårdt og dårligt betalt arbejde, og en nittenårig nitter fik hende overtalt til at forlade det og flytte hjem til hans forældre, så hun kunne få tid til at søge sig en ordentlig plads. Hun var seksten år, og ugeblade og film havde givet hende en forløjet opfattelse af livet. Nitterens forældre boede i en kolonihave i Frederiksholm, og en dag sidst i maj stod det hende klart at hun skulle ha et barn. Hun er en lyshåret pige med klare blå øjne, hun er halvt barn endnu og holder meget af at le, hun er en helt almindelig pige og hverken særlig medgørlig eller særlig vanskelig, og det der er hændt hende, er så helt igennem almindeligt og dagligdags i denne by. Men da hun har sin viden om livet fra romantiske ugebladshistorier, søndagsskolelitteratur og filmsnoveller, føler hun sig slået til jorden over den ulykke der har ramt hende. Hvor kan hun vide at i hver gade i denne by er der en pige der kender denne situation af egen erfaring. Hvilken pige kommer hjem til Frederikshavn i sin sommerferie og fortæller om den slags. Hun er lammet og knust af sin ulykke, og hun borer sit hode ned i dynerne og hendes spinkle skuldre gennemrystes af voldsomme hulk.

Der står den tykke i skjorteærmerne og hans kone for enden af sengen og kigger på hende og ved ikke hvad de skal sige. Ved det uforståelige syn af den grædende pige er deres ansigter faldet ud af de tilvante hverdagsmasker, de furede naive ansigter stirrer på hende, medfølende og hjælpeløse.

Så omsider får den tykke i skjorteærmerne sin hverdagsbevidsthed tilbage, han blir sig selv igen og sir noget om det evindelige kvindfolkeskaberi, og fornærmet over at være ude for noget han ikke forstår, rykker han på skuldrene og går igen ud til sin kurvestol.

Konen er en mager og grovlemmet kvinde med en ludende holdning af mange års trappevask, hun sætter sig på sengekanten og stryger pigen over håret med sin hårde arbejdshånd. Lidt efter lidt sagtner gråden, ja hun får endda Elly til at løfte sit forgrædte og ophovnede ansigt fra dynerne og begynder forsigtigt at pumpe hende, — en menneskeklog, forslidt kvinde der måske aner hvad der er på færde.

Men hvad enten hun nu har anet det eller ej, blir hun stiv og kold da hun omsider får ud af pigen at det er hendes søn der har lavet en ulykke på pigebarnet. Og da hun jo er sin søns mor og har mere end nok af vanskeligheder at slås med i forvejen, forvandler hendes medfølelse sig forbløffende hurtigt til kulde og irettesættelse, hun vender så at sige front mod den forgrædte pige som mod noget fjendtligt, en fare for hende og hendes, en gammelkendt historie, den forurettede på anklagedes plads: Hvordan hun dog har kunnet bære sig sådan ad. Og når det endelig skulle være sådan, hvorfor i alverden hun så ikke har passet på.

Passet på, spør Elly forbavset.

Ja, passet på, gentar konen vredt. Og hvorfor blev du i det hele taget ikke i din plads. På hotellet. Elly sidder stadig og ser uforstående ud. Der er noget her hun ikke kender. Hvad mente konen?

Hvorfor rendte du fra hotellet, gentar konen bebrejdende.

Hotellet? sir Elly åndsfraværende. — Nåe hotellet, gentar hun, mens hun stadig sidder og spekulerer på hvad konen havde ment med det andet, hun husker pludselig at ha hørt det udtryk før. Hun sidder der på sengekanten med sit forgrædte ansigt og spekulerer over hvad det er hun har gjort der har kastet ulykke over både hende selv og andre. Hun ligner ikke helt den pige der i vinter kom fra Frederikshavn, hendes øjenbryn er barberet og hendes hår der var så pænt og silkeagtigt blødt og lyst, er blevet permanentet og står i underligt stive totter om hodet på hende, gråden har gjort hendes ansigt rødt og opsvulmet, og tårerne har tværet øjenvippernes sorte farve ned over kinderne.

Hotellet —, sir hun tankefuldt, der var jo ikke til at være på det hotel, rotterne løb mellem benene på os og der var myrer og kakerlakker alle vegne.

Og Hjalmar blev jo ved at sige at jeg skulle gå derfra og flytte hjem til jer.

Hjalmar, sir konen opfarende. Du er vel gammel nok til selv at bestemme hvad du gør.

Og hvad nu —, fortsætter hun vredt. — Hva nu. Hvad har du tænkt vi skulle gøre? Sådan noget er jo ikke til at få ordnet for folk som ingen penge har.

Pludselig blir hun fortvivlet: Pokkers osse —, jamrer hun, — som om man ikke havde kvaler nok i forvejen.

— Hun rynker brynene og ser med én gang gammel og

udslidt ud. Ude fra køkkenet trænger en underlig uregle-
menteret lyd ind i værelset, den når pludselig ind til hen-
des bevidsthed: Suppen —, sir hun og farer op med et sæt.

DE sidder ved middagsmaden. Hjalmar er kommet
hjem, han er næsten altid hjemme til måltiderne. El-
lers er han for øvrigt sjælden hjemme. Når han har spist,
plejer han gerne at tænde sig en cigaret og gå. Elly kender
den scene ud og ind, den er ens efter hvert måltid, han tar
cigaretten frem af et stort fladt etui, banker med en distræt
mine cigarettens ene ende mod etuiets flade låg, anbringer
den løst og elegant vippende i den ene mundvig og tæn-
der med den lille smarte tænder, som han tar med ven-
stre hånd i en af vestens lommer, vesten har revers, sidder
stramt og flot og er skåret lige over ved bukselinningen.
Når han har tændt, puster han en mægtig røgsky fra sig,
mens han løfter øjenbrynene og ser ud som om han tænkte
på noget vigtigt. Derefter rejser han sig, strammer slipset
og tar en stor kam op af jakkens inderlomme og lader den
gå gennem sit mørke bølgede hår, banker kammen ren for
skæl mod venstre håndflade og ber mo'ren om lige at bør-
ste sig på ryggen. Hans jakke sidder i figur, er mærkvær-
dig kort og slutter stramt om hofterne, skuldrene er lige
og brede, det kunne se ud som om han havde glemt at ta
bøjlen ud, et lille lysegrønt silkelommetørklæde stikker op
af brystlommen, de fire femtedele af det hænger udenfor i
et festligt brus og det er gjort fast med en lille sikkerheds-
nål for ikke at blive hugget, det er en god lille dessin han
har fået af en kammerat, pigerne er så slemme til at hugge
silkelommetørklæder når man danser. Mens mo'ren med
den flade hånd børster ham over ryggen, hænder det at
han sir noget morsomt eller noget kækt, inden han med to
fingre op til tindingen og et flot by-by forlader dem. Ved
den slags lejligheder får mo'ren gerne en let rødmen i kin-

derne og blir stående og ser efter ham, mens hun mumler: Den Hjalmar, ak ja, den Hjalmar.

Men i dag når han ikke at komme af sted. Det har været en underligt beklemmende middag, til trods for at det er søndag og den gamle og Hjalmar har bajere på bordet. De har spist i tavshed, der er ikke blevet sagt andet end: Vil du ha flere kartofler og Spis nu brød til, Hjalmar og den gamle har siddet og brokket sig godmodigt over at bajeren var lunken og at der ingen rødbeder var. Når man nu vidste at han gerne ville ha rødbeder og at han ikke kunne fordrage lunkent øl.

Elly sidder der med sine røde, forgrædte øjne og kan ikke få en bid ned, og man kan se på Hjalmar at mo'ren har sat ham ind i situationen, og selv om han nok er blevet lidt imponeret over sig selv, er han dog først og fremmest optaget af spekulationer over hvordan han skal klare sig ud af dette her.

Lige som de er færdige og Hjalmar allerede har hånden i lommen efter cigaretetuiet, sir Elly at hun gerne vil tale med ham inden han går. Han er på sin post, ser forbavset ud og kaster et sideblik til mo'ren. Pudsigt at det er først nu, Elly ser ham klart. Som om hun så ham for første gang. Hun sidder og ser på ham som man ser på en man ikke kender. Han er gusten i huden og hans øjne er lidt små og lidt flakkende, han har et usympatisk træk ved mundvigen, og det ser egentlig latterligt ud at han går med ring, og at han både har fyldepen og pencil i øverste vestelomme når han dog aldrig skriver. Mon nogen nogen sinde har set ham skrive. Fra højre vestelomme til højre bukselomme hænger der en lang, tynd forgyldt kæde i en bue, men han har hverken ur eller nøgler og kædens krog er gjort fast i stoffet. Og den mand havde hun ladet få alt det en pige har at gi en mand. Mand tænker hun pludselig og er meget langt fra at være den pige der kom hertil i vinter fra Frederikshavn. Som om hun ser sig selv og sin situation i et pludseligt skarpt blik, kommer hun til at undre sig over hvad hun egentlig har at gøre her. Denne tiøres-dans-sheik og disse fremmede mennesker. Hvordan er det dog gået til.

Ja —, sir han, — hvis du vil tale med mig, sidder jeg jo altså her. Hvad vil du tale med mig om?

Jeg vil tale med dig alene, svarer hun.

Han kaster igen et blik på forældrene og rejser sig så: Allright, vi ka jo gå lidt rundt.

Det er Elly parat til.

Han strammer slipset og tænder sig en cigaret, inden han slentrer af. Let vuggende i hofterne og med forstilt overlegenhed: Kvinder gør sig så kostbare i begyndelsen, og senere hænger de på som burrer.

De kommer ned forbi det store bølgeblikskur uden at ha sagt et ord til hinanden. Her nede kommer vinden inde fra lossepladsen og har en tør og krydret lugt som af skarnkasse. Luften er fuld af kredsende måger der søger deres føde blandt affaldet.

Ved foden af et stort gammelt piletræ er der en tue af græs. La os sætte os her, sir hun.

Hans benklæder er nypressede, men der er noget uheldsvarslende i hendes øjne. Han trækker op i pressefolderne og sætter sig forsigtigt.

Nå, på med vanten —, sir han så og er kunstigt frimodig.

Ja, svarer Elly, — du ved det er gået galt. Da jeg fortalte din mor det, spurgte hun mig hvad jeg havde tænkt at gøre ved det. Det er det jeg nu vil spørge dig om, — hva har du tænkt dig at gøre ved det?

Å den hykler. Han sidder der med sine pressefolder og prøver at hidse sig selv op til at være den forurettede og føre krigen over i fjendens lejr, hva er det for en tone hun taler i.

Så udstøder han hidsigt: Det er dog et stift stykke at du render til de gamle og pladrer ud med det hele. Det havde været rimeligst at du havde talt med mig først.

Men han spiller for dårligt, hun gennemskuer ham: Du er en køn en, sir hun foragteligt.

Han griber øjeblikkelig chancen: Hva i alverden går der af dig. Man skulle tro jeg var en forbryder, hvis du har så meget imod mig, ka jeg ikke forstå hvad du vil med mit selskab. I stedet for at tale med mig og overlade til mig at ordne den historie, pladrer du det ud til højre og venstre og beordrer mig til en samtale hvor du overfuser mig.

Jeg har ikke overfuset dig, svarer hun roligt, det er dig selv der hidser dig op. Men jeg har været fuldstændig klar over dig siden jeg så dit ansigt mens vi sad og spiste.

Hun sidder lidt og ser frem for sig. Så sir hun: Sådan en er du altså.

Sådan en —, råber han rasende, — sådan en! Han rejser sig op og står foran hende. På græstotten ligger hans lommetørklæde som han har siddet på. Han er såret og forurettet: Hva i alverden vil du så med mig, der er jo ingen der holder på dig.

Du mener at jeg bare kan gå min vej, sir hun.

Ja, jeg ska i hvert fald ikke holde på dig, svarer han.

Hun sidder stadig ned. Hun sidder og piller i græsstråene og sir ikke noget. Så endelig sir hun stille: Jeg havde osse tænkt mig at jeg ville gå.

Han blir forbavset. Så let havde han ikke turdet håbe det ville gå. Måske blir han osse lidt skuffet: sætter hun ikke mere pris på ham? Men hans krænkede forfængelighed domineres af hans praktiske betragtninger: Ja, det bestemmer du jo selv, sir han. Han taler igen roligt, behøver ikke længere at hykle vrede: Og du ved jeg vil hjælpe dig, — fortsætter han, — du må sende mig din adresse, det er ikke umuligt at jeg ka finde en udvej.

Hun svarer ikke. Hun sidder og ser ned. Der går flere minutter, men hun svarer stadig ikke.

Du ka jo osse godt blive her, sir han forsigtigt.

Hun ser stadig ikke op, men ryster bare på hodet.

Nå —, sir han endelig, — jeg blir nødt til at gå nu, jeg skal ind til byen.

Og da hun stadig ikke sir noget, fortsætter han: Nå, men jeg må gå nu, jeg ser dig jo nok igen og ellers må du altså skrive.

Han er sikker på at det er bluff, hun har ikke drømt om at rejse. Han børster sig ned over sine bukser og sir: Nå farvel altså. — Og begynder at gå.

Du glemmer dit lommetørklæde —, sir hun.

Han vender tilbage og samler det op, stikker det i lommen og går.

Hun blir siddende. Der er så stille omkring hende. En søndag eftermiddag. Man hører bare mågernes skrig og piletræets blade der rasler i vinden.

FEMTE KAPITEL

DER kommer en pige gående ad den lange vej der fører fra Frederiksholm ind til byen, Enghavevej hedder den vist. På hendes højre hånd ligger banedæmningen med uendelige rækker af tomme jernbanevogne, på hendes venstre er der kirkegård, fodboldbane, oplagspladser og sporvognsremiser. Det er en søndag sidst i maj. Hen under aften. Solens stråler falder skråt og rødligt, og jernbanevognene kaster aflange skygger tværs over vejen og helt op ad plankeværket om fodboldbanen. Luften synes at stå stille, og de par mennesker hun møder, er i søndagstøjet og ser ud som om de småkeder sig. Der er malet politiske paroler på plankeværket. Et sted oppe på banelegemet er de ved at rangere, af og til skingrer en fløjte og et lokomotiv sætter sig hostende i gang.

Pigen er ikke særlig pæn i tøjet, sådan en søndag eftermiddag blir den slags særlig iøjnefaldende, hun har en grøn vinterkåbe på med en lille pelstjat i halsen, kåben er lidt krøllet og skoene ser ud som om hun havde gået flere mil med dem. Men hun har et frisk ansigt med bløde og barnlige linjer, hendes øjne er levende, og til trods for, at hun slæber på en håndkuffert og en attachétaske, kommer hun godt af sted. Da hun kommer til tunnelen der fører under banedæmningen, drejer hun af og kommer ud til en lille funktionærlandsby på den anden side rangérterrænet. Det er næsten som at være kommet hjem til provinsen igen, det ligner den klynge huse i udkanten af Frederikshavn bag gartner Thomsens drivhuse; der ligger nogle unger og leger fredeligt midt på vejen, en mand står i den bare undertrøje og vasker sig i et lille vandfad udenfor huset, han er måske fyrbøder, han står skrævende og bøjer sig ned over vandfadet og gnider sig ind med sæbe med energiske bevægelser, armene smør han ind helt op til albuerne og hele hodet er smurt ind. Håret osse. En frugtsommelig kone står i døren og blir ved at snakke til ham, selv om det er klart at han jo umuligt kan høre et kuk når han sådan står og pruster i al det sæbeskum.

Hun får en snært af hjemve. Der er så pænt deroppe bag gartner Thomsens drivhuse når man om aftenen går hjem fra lunden. Derhjemme kender man det hele og de kender en, hvert tredje menneske i Danmarksgade må man hilse på. Herovre er man ingenting og man kender så lidt til det hele. Hvis man forsvandt nu, var der ikke et menneske i hele denne by der ville savne en. Og hvis det er gået galt for hende og hun ikke kan få det taget bort, er det bedre at være en der er forsvundet.

Men da hun når lidt længere frem, er det ovre. Her ligger de store lokomotivremiser, Frederikshavn blir igen noget fjernt og hun tænker kun på hvordan hun skal få det klaret. Foreløbig må hun få fat i Agnes, Agnes ved alt om den slags og skal nok finde på råd hvis der overhodet er noget at gøre. Agnes er det eneste menneske i denne by hun kender, hun kan betro sig til. Hun når frem til Gasværkshavnen, ovre på den anden side Tietgensbroen er lysene ved at blive tændt, alting ser så pænt ud på denne tid af dagen, der ligger en violet dis over det hele, lysene fra vinduerne i Ingerslevsgade er gule og varme og man forestiller sig at der må være hyggeligt og rart bag de ruder. Hvis Agnes ikke kan hjælpe hende, er alting forbi. Og hvis Agnes nu ikke bor der mere, hvad så. Hvor skal hun så gå hen. Tanken kommer helt bag på hende, midt på broen standser hun pludselig, sætter kuffert og taske fra sig, læner sig mod rækværket, og det er som om det først er nu hendes situation i al sin virkelighed går op for hende. Som om det først nu går op for hende at det virkeligt er muligt at det ikke kan ordnes.

At det ikke bare er noget man sådan går og tænker på hvad man vil gøre hvis man ikke får det i orden, men at det er håndgribelig virkelighed at hun om nogle måneder kan stå på denne bro og må se i øjnene at hun skal føde et barn.

DA hun kommer frem til Knabrostræde, er det næsten mørkt. Hun må famle sig op ad trappen, og husker at der plejer at være et gasblus på hver etage, men det er vel ikke blevet tændt endnu. Da hun banker på døren, er der ingen der svarer. Hun blir stående. Hvor skulle hun gå hen? Hun kan jo lige så godt stå her som et hvilket som helst andet sted på jordkloden.

Hun får den idé at lede efter nøglen oppe over dørkarmen, jo den er der, hun stikker den i nøglehullet og drejer om og åbner nølende døren, som man nu engang gør på steder hvor man ikke bor og egentlig ingenting har at gøre.

En indelukket lugt slår hende i møde, en klam og lidt sødlig lugt af sengetøj og uddunstninger og cigaretaske. Hun tænder lyset. Jo, der er tomt. Agnes' underkjole hænger over stolen, altså bor hun her endnu. Der er hængt et tæppe for vinduet, så hun har vel ligget og sovet her i eftermiddag. Måske kommer hun snart hjem. Elly tar tæppet fra vinduet og lukker op, hun gør det sløvt og automatisk, står længe og kigger ud i luften uden at foreta sig noget.

Hun sætter sig hen på sengen. Hun støtter hodet i hænderne og sidder og ser sløvt frem for sig. Lidt efter begynder det at ta magten fra hende, hun presser knoerne hårdt mod tindingerne og bider sig i underlæben, men hun kan ikke holde det tilbage, det vælder op i hende og presser på, det begynder at trække i ansigtsmusklerne, det presser på som en klump i halsen og det brænder i øjnene. Så gir hun sig over, kaster sig ned i sengen og hulker.

L IDT over midnat står Agnes i døren. Hun studser ved at se Elly ligge der på sengen, og står lidt og ser på den sovende pige før hun kommer i tanker om at lukke døren.

Elly sover stadig, hun ligger i en underligt forvreden stilling, benene har hun trukket op under sig og ansigtet har hun boret ned i den snavsede hovedpude.

Hun kunne sgu i det mindste ha slukket lyset — mumler Agnes, mens hun tar overtøjet af og ikke rigtigt ved om hun skal vække hende eller ej. Da hun går hen for at lukke vinduet, får hun øje på Ellys kuffert og attachétaske og ser forbavset fra dem og hen på pigen, og da hun har stået lidt og funderet, blir det klart at nu må hun altså ha en forklaring på dette her, og hun sætter sig ned på sengen, tar Elly om hagen og drejer hendes hode op mod sig og siger: Bah!

Lyset skær hende i øjnene, hun sover halvvejs endnu og opfatter kun langsomt hvor hun er, og at det er Agnes' hode dér lige over hende. Agnes' rare ansigt med de tykke læber og med de små brune, blanke øjne. Så med et sæt vender bevidstheden tilbage og hun rejser sig op i sengen.

Hva bilder du dig egentlig ind, — sir Agnes kammeratligt. — Du kunne i det mindste ha taet skoene af.

Det er bare med at holde den lette tone når der er tuderi i farvandet.

Men Elly kan ikke holde den. Det kræver lang øvelse at tale let om den slags ting, klumpen i halsen kommer ustandselig igen og det ligesom løsner at la det ta magten fra en. Hun lægger armene om Agnes' hals og tuder igen.

Nåja —, mener Agnes, — det var jo morsommere hvis du ville fortælle hva der er i vejen. Agnes er en stor og kraftigt bygget pige med et godmodigt ansigt, hun hører til dem der klarer sig igennem ved ikke at ta for tungt på det, hun ømmer sig aldrig efter livets øretæver, og glemmer bestandig at passe bedre på en anden gang, hun lukker stædigt øjnene for alt hvad der er trist, men er til gengæld noget af det livsgladeste når der er den mindste anledning til det. Hun sidder der med sine tunge linjer og sin yppighed på sengekanten og er såmænd så nogenlunde klar over hvad der er sket, men hun ved af erfaring at det letter at tale ud, og hun ved at hun ikke må være for rørstrømsk og medfølende, men hellere vise at det hele jo ikke er noget at ta så højtideligt. Desuden har hun det sunde menneskes afsky for fede ord og vil for den sags skyld hellere sige en sjofelhed end vælte sig i følelser.

Ja, Elly var jo så altså taget ud og bo hos Hjalmar, da han blev ved at presse på, og hun var så inderligt ked af at være køkkenpige på det hotel. Det førte jo ikke til noget, og Hjalmar havde jo sådan set ret i at hvis hun boede derude en uges tid, kunne hun få tid til at søge sig en ordentlig plads.

Førte ikke til noget —, sir Agnes forarget, hun er jo netop køkkenpige på det hotel og det ene kan vel være lige så godt som det andet.

Elly skynder sig at lappe på det, det var jo ikke sådan ment, forstår du, jeg mener bare at det jo ikke er meningen man ska gå hele sit liv som køkkenpige, og at det er svært at komme derfra når man ikke kan få tid til at søge noget andet.

Nå —, sir Agnes forsonet, — så flyttede du altså ud i kolonihaven, og en aften det var måneskin, gav du ham lov. Og nu er den altså gal. Men hvorfor er du ikke blevet derude?

Ja, hvorfor, — Elly sidder og blir tankefuld og lidt hård i blikket ved tanken om deres holdning overfor hende. Ja, det gjorde jeg jo altså ikke.

Så —, sir Agnes og vil vide mere om det.

Nej, — svarer Elly, — forstår du, de blev nærmest sådan fjendtlige imod mig da jeg fortalte at det var gået galt. Så sagde jeg at jeg ville rejse, og de kunne næsten ikke skjule hvor glade de blev.

Og hva nu? Hva vil du nu?

Jae —, sir Elly og er efterhånden blevet fuldkommen rolig og nøgtern. — Jeg tog herind for at spørge dig om jeg måtte bo her et par dage, og for at spørge dig til råds fordi du er det eneste menneske jeg kender jeg kan betro mig til, og fordi du måske ved hvordan man kan få det ordnet.

Hvor meget er der gået over tiden?

Fem dage.

Så er det ikke sikkert du behøver at være bange. I hvert fald ikke endnu.

Der går et skær af lys over Ellys ansigt: tror du ikke?

Det er ikke sikkert. I hvert fald er der ingen grund til at gi sig til at tude endnu.

Men det svage lysskær over pigeansigtet er allerede døet bort igen: Men hvad skal jeg gøre hvis det nu viser sig at det er sket. Du må hjælpe mig Agnes, du er det eneste menneske der kan hjælpe mig.

Klokken er langt over ét, men de sidder stadig der på sengen, to piger fra provinsen på et tagkammer i Knabrostræde. En grov, lidt yppig pige med tykke ankler og store røde hænder, og en spinkel lyshåret pige med barneansigt og forgrædte, rødrandede øjne.

Hvis det nu viser sig at der ikke er noget at gøre, — sir Agnes, — skal du ikke ta for tungt på det. Det regnes ikke længere for en skam at få et barn.

Elly stirrer forbløffet på hende: Hvad siger du. Nej det kan aldrig gå. Det er umuligt, det kan jeg ikke.

Jaja, — siger Agnes, — det kan jo også godt være det ordner sig. Jeg siger det bare for hvis det skulle være, at det ikke kom i orden, for så blir du jo nødt til det.

Elly sidder længe uden at sige noget. Så sir hun langsomt: Nej, det gør jeg ikke.

Agnes sidder og kradser på sine negle. Hendes negle er brede og korte og der sidder rester af gammel neglelak på dem. Hun sidder og ser ned, der er et eller andet der rører sig i denne pige, måske noget hun føler trang til at sige, men plejer at holde for sig selv: Ja, hvorfor egentlig det, — sir hun så.

Nej, gentar Elly, jeg vil ikke ha mit liv spoleret. Hvordan skulle jeg kunne forsørge sådan en lille en. Jeg kan jo ikke engang få en plads, hvis jeg har sådan en med mig, og jeg kan ikke tjene så meget at jeg kunne få råd til at betale for at ha den i pleje.

Jaja, — sir Agnes sagte hen for sig, — men hvis det nu sker alligevel. — Det lyder nærmest som hun sir det til sig selv.

Men det sker ikke, — sir Elly bestemt, og man kan høre på hende at der måske kan ske så meget andet, men at det i hvert fald ikke kommer til at ske. Hun er kun seksten år, men hun taler ud fra et sikkert kvindeligt instinkt, og man kan se på hendes øjne at hun har karakter nok til ikke at svigte sig selv.

Det er med en gang som om rollerne er byttet om. Der er noget rankt og beslutsomt over den spinkle pige der har taget sin skæbne i sine egne hænder, mens Agnes stadig sidder og ser ned for sig, stadig piller på den gamle neglelak og er fuld af trang til at fortælle noget om sit eget liv som hun ikke plejer at tale om, pigen der er så livsglad på et dansegulv og så dygtig på sin arbejdsplads og som plejer at ta det i den rækkefølge det kommer og la livet gøre med sig hvad det finder for godt.

Nu løfter hun hodet med de store, gode, grove træk, og måske vil hun nu fortælle det om sig selv som hun ellers ikke plejer at tale om.

I det samme hører de skridt ude på gangen.

Skridtene fortsætter ikke, men standser udenfor døren, og et øjeblik efter banker det.

Agnes farer op fra sengen, ved et øjeblik ikke rigtigt om hun skal lukke op eller ej, men glatter sig så forvirret over håret og går hen til døren, klokken et om natten, hvad kan det være.

Hvem er det, — råber hun, uden at åbne. Udenfor døren er der en mandsstemme der sir et eller andet, så åbner Agnes døren en tomme på klem, står lidt og forhandler og vender sig så om mod Elly: Det er din Ven, — sir hun, — det er ham Hjalmar, han vil tale med dig.

Jeg vil ikke tale med ham, — sir Elly kort, — sig han skal gå.

Det lar Agnes gå videre gennem dørsprækken, men mennesket vil ikke gå, ja han trænger endda på døren og får den presset så meget op, at han kan stikke hode og overkrop ind og sige til Elly at han må tale med hende, at de skal la ham komme ind og hvad man nu sådan sir når der står en storlemmet bondepige i døren og spærrer en vejen og hun for den sags skyld ser ud til at være stærk nok til at kunne bukke begge ender sammen på ham og trille ham ned ad trappen.

Men da Elly ikke svarer og Agnes ikke lar ham komme længere ind i værelset, men på den anden side heller ikke lukker døren for ham, fortsætter han med at beklage sig over deres uvenlighed og fortæller at han er taget herind fra Frederiksholm udelukkende for at tale med Elly; da han kom hjem fortalte de gamle at Elly var taget af sted med kuffert og hele pibetøjet uden at sige noget om hvor hun tog hen og hvad hun havde i sinde. Og så havde han altså taget en sporvogn herind, fordi han tænkte at måske var hun taget op til Agnes. — Og nu er du bange for hvad jeg kan finde på, — sir Elly koldt. — Du er bange for at du måske kan få næsen i klemme. —

Han ser forbløffet på hende. Sådan har hun aldrig talt før. Sådan har han aldrig set hende før. — Vi har ikke mere at snakke om, du og jeg, — fortsætter hun. — Jeg er færdig med dig, — tænk at du var sådan et pjok, da det kom til stykket.

Og da han stadig står der med overkroppen i døråbningen og er forbløffet og ikke kan finde på noget at sige, blir hun pludselig opfarende, rejser sig med et sæt fra sengen og går hen til døren: Så gå dog, menneske —, sir hun ude af sig selv og puffer ham i brystet for at få ham ud på gangen og lukke døren efter ham.

Men han sætter foden for døren og vil ikke gå: Det er bare i aften du er så gal, — sir han. — Du har helt misforstået mig.

Og da hun ikke svarer, men bare står og venter på at han skal blive ked af at stå der, misforstår han hende og sir: Hvis jeg bare kunne komme til at forklare dig det hele.

Og da hun stadig ikke svarer, tror han slaget halvt vundet, blir pludselig charmør og sheik og sir muntert: Hør nu her, piger, vær nu rare og la mig komme ind. Desuden er den sidste sporvogn gået, så jeg kan ikke komme tilbage til Frederiksholm i aften, la mig blie her til i morgen tidlig, jeg kan sidde i en stol eller ligge på gulvet.

Men dette er alligevel for stærkt, Elly brister i latter, å det er for komisk, sheiken ber om natlogi, sheiken kan ikke gå hjem, det er aldeles for langt for en sheik at gå til Frederiksholm. Det er befriende at kunne grine af ham, befriende at se ham dér i døren forbløffet og ynkelig, befriende at mærke hvordan latteren skyller hende ren for de sidste rester af følelser for dette lørdagsbal-pjok med sine vatskuldre og sin indbildskhed.

Og da han i sit raseri sætter hatten på hodet og sir at godt så går han, kommer hun igen til at le, og da han trækker jakken op og strammer slipset inden han vender sig for at gå, får hun et fuldkomment latteranfald og må sætte sig hen på sengen for at le af, mens de hører ham bumpe ned ad den mørke trappe.

Og — å —, sir hun, — så du da han strammede slipset, Agnes, — mens de hører gadedøren slå igen. — Du skulle se ham, når han tar en cigaret op af etuiet, han banker cigaretten mod låget af etuiet, forstår du, og prøver at ligne en engelsk lord.

OM morgenen erklærer Agnes at hun har fået en god idé. De gode ideer kommer gerne mens man sover.

Han er gadehandler, — sir hun, — en vældig flink fyr, han har haft noget vrøvl med konen forstår du, og konen er flyttet, hun er sådan en af den slags der går ud med andre, jeg garanterer dig for at han vil være fin overfor dig, han er jordens reelleste menneske, du kan være der indtil videre, holde huset i orden og lave hans mad, og han vil såmænd gerne betale dig for det, han tjener godt forstår du og samler penge sammen til at købe en frugtforretning for. Det er lige sådan noget man skal ha, når man er i din situation, hvis det viser sig at det er gået galt for dig, risikerer du ikke at blive fyret, og ligegyldigt hvad der sker med dig, kan det gå stille af. Hvis du ikke skulle bryde dig om at bo der om natten, kan du jo bo her. Jeg talte med ham for nogle dage siden, han er så ked af at konen er flyttet, og der er så uryddeligt i lejligheden at han ikke kan holde ud at være hjemme, jeg kender ham godt forstår du, han går selv og prøver på at gøre lidt i orden og kunne aldrig selv få den idé at få nogen til at gøre det for sig til trods for at han tjener godt og sagtens kan betale for det. Du kan gå der og ha det som blommen i et æg indtil alt dette her er overstået, og så er du fri for at gå og ha en modbydelig mokke til frue omkring dig, der går og er familiær og lar dig slave fra morgen til aften, og hvor du går og skal være bange for at blive fyret hvis de opdager at den er gal med dig. Han hedder Frederiksen, og jeg er sikker på at han går med til det når jeg foreslår ham det. Du kan jo i hvert fald være der indtil videre, indtil du ser hvordan det går?

De er lige vågnet, solen vælter ind gennem vinduet, reflekterer i toilettespanden og får en solplet til at flimre oppe i loftet lige over Ellys hode. Elly ligger lidt og overvejer. Det var jo en længere smøre og hun er dårligt nok vågen endnu. Men der kan jo ikke ske noget ved at ta mod sådan et tilbud. Særlig da hvis hun kan holde op når som helst det passer hende. Desuden ved man jo slet ikke endnu om han overhodet vil.

— Tror du, han vil, — spør hun.

Ja, det tror Agnes bestemt og hun vil spørge ham om det allerede nu til morgen, han er på Grønttorvet hver morgen ved denne tid, og hun vil gå den vej om når hun går på arbejde. Agnes er helt oprømt over sin gode idé, mennesker der arbejder hårdt har en ægtere og mere stilfærdig glæde af at hjælpe hverandre end man ellers træffer i denne jungle hvor man lever af at æde hinanden, — i hvert fald møder man den glæde oftere og ægtere blandt folk, der må bruge hænderne for at leve.

En sekstenårig pige er kommet til København for at tjene sit brød. Hun har kun været her et par måneder og tilværelsen har ikke taget for blidt på hende i de par måneder. Hun føler den dag hun kom til København som noget uendeligt fjernt. Det er så længe siden at hun en aften gik i land fra Aalborgdamperen. Hun husker godt den aften, buelysene på kajen, de mange mennesker, taxavognene og dragerne og byen der lå der foran hende og lovede så meget, — men det er som et fjernt minde. Og som om hun ikke længere er den samme.

Hun ligger der i sengen på tagkammeret i Knabrostræde og tænker på, at hun den aften så det hele i eventyrglans, hun husker at hun var på et mælkeri og traf en pige hjemmefra der havde været herovre et stykke tid, hvad var det nu hun hed, jo Erna var det, — hun sagde til Erna at hun ville gå på kursus i sin fritid og lære engelsk og måske fransk også, og Erna sagde at det glemte hun nok når hun havde været her et stykke tid.

Det har ikke været bare godt byen har budt hende i de par måneder hun har været her, det kunne ha været bedre. Men det kunne måske også ha været værre. Måske er fejlen bare den at hun vidste for lidt om byen. At hun i det hele taget vidste for lidt om det det netop havde mest betydning for hende at vide.

Nu skinner solen over tagene i Knabrostræde, det er en majmorgen, og hvis hun ikke var så tynget af tanken om at hun var kommet i ulykke, ville livet være dejligt. På den anden side af gaden står en kone i et vindue og fodrer måger, luften er fuld af de store skrigende fugle, der står en frisk forårsmorgenluft ind gennem det åbne vindue og måske kommer hun igennem alt dette her.

Om det går på den ene måde eller på den anden, kommer hun vel igennem det.

Så står hun op.

SJETTE KAPITEL

En grønirisk har travlt omkring skarnkasserne i en baggård i Dannebrogsgade, der er et eller andet dér der interesserer den umådeligt, den hakker undersøgende i de overfyldte skarnkasser og flakser pludselig op på plankeværket bagved og sender en kvidrende kanariefugletrille op gennem den trange skakt, op mod den stump blå himmel der tegner sig som en skarpt afgrænset firkant foroven mellem de gråsmudsige og triste facader.

Elly kigger ned, hun er ved at pudse et køkkenvindue på tredje sal, hun passer nu hus for en gadehandler der hedder Frederiksen og er jordens rareste menneske, det er maj måned og hen ad middag, så solen kan trænge helt ned i bunden af de skakter som man kalder gårde og hvor sidegadernes børn er henvist til at lege deres forårslege. Hun har kun været i København nogle måneder, men hun føler det som har hun været her i uendelig lang tid. Hun skyller vaskeskindet op og gnider efter med en stor ren linnedklud der ser ud til engang at ha været en af gadehandlerens skjorter, måske en hans kone i sin tid har foræret ham da hun var betaget af ham. Nu er hun jo altså åbenbart betaget af en anden siden hun sådan er forsvundet fra hjem og mand og det hele.

Hun holder fast med den ene hånd i karmen og strækker sig ud for at kunne nå den øverste rude på ydersiden, de ruder ser ud til ikke at ha været pudset i umindelige tider, når hun skyller skindet op, blir vandet kulsort, men der er noget om at det er morsommere at gøre rent når der i den grad trænger til det. Så kan man da se et resultat af sit arbejde. Siden hun i morges begyndte denne nye plads, har hun skuret og skrubbet i én køre og det har været rart at ta fat, rart at hælde den ene skidne spand vand ud efter den anden; så længe man er i ilden glemmer man sine private bekymringer, og kommer man endelig til at strejfe dem med en tanke, er det let at holde fast ved at det jo ikke er værre end hvad så mange andre har måttet prøve, og at det vel nok ordner sig alt sammen. Foreløbig har Agnes lovet at spørge en læge hun kender, og hvis han ikke tør ha med det at gøre, mener Agnes at der jo nok skal vise sig en anden udvej. Det kommer nok i orden på den ene eller den anden måde, og under alle omstændigheder fører det ikke til noget at gå og udmale sig den sønderslåede tilværelse hun vil komme til at føre, hvis det ikke går i orden. Eller på sin desperate beslutning om aldrig at la det komme dertil.

Da hun er færdig med vinduerne og vil træde ned fra køkkenbordet, kommer hun til at sætte sin ene fod ned i vandfadet der står på gulvet, og hun er kommet i så godt humør af at arbejde at hun helt glemmer at blive ærgerlig over den våde strømpe. Hun tar den af og hænger den i solskinnet over køkkenstolen, den er godt ramponeret den stol, det ville pynte på den at blive malet, jo mere man slider i det, des mere lyst får man til at ta fat, det ville være morsomt hvis den stol stod og var malet når Frederiksen kom hjem, det må vel være til at købe lidt maling og en pensel henne i materialhandelen, — han ville jo i det hele taget nok kigge lidt når han kom hjem og så det hele så flunkende rent og pænt.

Ud på eftermiddagen er hun så nogenlunde færdig. Der er måske nok et og andet endnu der skal gøres, men der er jo ingen grund til at gøre det hele i dag. Men stolen har hun fået malet, den står nydelig og lyseblå og skinnende midt på køkkengulvet, og hun har lagt en stor seddel på gulvet foran den hvor der med store pigebogstaver står: Malet.

Desuden må hun nu til at tænke på middagsmaden, der er jo ikke megen tid, hun vil stege nogle frikadeller, der er ikke tid til at lave to retter, han må spise godt med brød og kartofler til og så kan han få et æble og en kop kaffe ovenpå. Når der er hovedrengøring, er der grænser for hvad man kan gøre ud af middagsmaden.

Mens hun står og vasker sig, ringer det på døren. Hun er lidt i tvivl om hvorvidt hun skal lukke op eller ej, men tar så sin kittel på og åbner døren.

Det er en dame, en nydelig og smart dame der ser ud til at blive overrasket ved at se Elly, men i øvrigt smiler elskværdigt og sir at hun er fru Frederiksen.

Da situationen åbenbart ikke synes at gå op for Elly, fortsætter damen: Jeg ved ikke hvem De er, men jeg er hr. Frederiksens kone, der var nogle ting i lejligheden jeg gerne ville hente.

— Å, De er hr. Frederiksens kone, — stammer Elly og ved hverken ud eller ind.

Ja, — smiler damen og går uden videre forbi hende ind i lejligheden, ja ikke nok med det, men hun tar overtøjet af og hænger det i entreen, ordner lidt ved sit hår foran spejlet og går så hjemmevant ind i stuen. Elly følger langsomt efter, hun er lidt betuttet, ved ikke rigtigt om hun har handlet forkert ved at la damen komme ind, men har jo på den anden side heller ingen ret til at nægte hende adgang.

Nå, her er sandelig gjort rent, — sir damen og står og indsnuser duften af sæbevand og salmiakspiritus.

Damen sætter sig ned i kurvestolen ved vinduet. Elly synes at hun er meget smuk, hun har sort hår, en bleg, fin teint og store, bløde læber. Damen tar et lille cigaretetui op af sin taske, finder osse en bittelille tændstikæske frem og tænder sig en cigaret. — Og hvor er hun elegant, hendes hænder ser ud som om hun aldrig har bestilt noget, og Elly kan ikke la være at tænke at det måske er derfor der var så beskidt i lejligheden.

Hun havde slet ikke forestillet sig hende sådan, — måske hun slet ikke har forestillet sig hende. Det mest overraskende er at damen er så elskværdig, hun er så indtagende og venlig.

Damen ser smilende på hende: Nå, og nu har De — om jeg så må sige — overtaget min plads her.

Hvabehar — sir Elly og forstår i øjeblikket ikke hvad hun mener. Så pludselig går det op for hende, hun blir lidt varm i øreflipperne, lidt harmfuld, og svarer at hun er ansat her som pige.

Det lader ikke til at interessere damen særligt, hun sidder og ser ud ad vinduet: Bor De her, spør hun henkastet.

— Jeg er lige begyndt her i dag, og jeg ved ikke rigtigt endnu om jeg skal bo her, svarer Elly.

Nå, — sir damen ligegyldigt, men der er alligevel straks kommet noget andet i hendes holdning. Måske noget overlegent. Hun stikker hånden ind under halsudskæringen og trækker underkjolens skulderstrop op, hun blotter derved lidt af skulderen der er hvid og rund og fast. Underligt at Elly derved kommer til at tænke på hvordan hendes egen skulder egentlig ser ud, særligt underligt da det vist er første gang i sit liv hun kommer på den tanke.

Damen blir siddende der i stolen, det ser ikke ud som om hun har tænkt på at rejse sig af den foreløbig, hun kom jo ellers for at hente nogle ting, men det ser ud til at hun har god tid.

Men det kan Elly ikke blande sig i, og hun må jo se at få lavet den middagsmad inden det blir for sent. Måske fru

Frederiksen er kommet tilbage for at gøre det godt igen med manden og så er jo Elly overflødig her og må se sig om efter noget andet. Jeg skal ned og købe noget til middagsmad, — sir hun. Men damen nikker bare og sidder og ser ud ad vinduet. Nåja, men så går Elly altså. Da hun er kommet ud i entreen og skal til at ta sin kåbe på, blir hun pludselig tankefuld. Hun tænder lyset og stiller sig hen foran spejlet, står lidt og betragter sig selv som om hun så sig selv for første gang. Hun ser tænksomt og lidt mismodigt på sit spejlbillede, skyder underlæben lidt frem og trækker halsudskæringen til side, så hun kan se sin nøgne skulder derinde i spejlet, ser opmærksomt og vurderende på den og slipper så kitlen tilbage på plads, blir sig selv igen, tar kåben på og slår slåen fra inden hun går.

EFTER at Frederiksen i lange tider havde haft utur med varerne og vrøvl med politiet som man skulle tro var ansat og betalt af grønthandlerne, gav de italienske kartofler der nåede frem sidst på måneden, nogle fine dage med dynger af hurtige tikronesedler i blikæsken, så han rundede de tolvhundrede i Bikuben. Han lod Pedersen se efter vognen, mens han gik i sparekassen, og bagefter gav han kaffe ved kaffevognen på Søtorvet.

Da han havde fået trukket vognen ud på Amerikavej, hvor den altid stod om natten, var klokken over halv seks. Han gik ind hos en cigarhandler og købte en cigar, og det slog ham at det var første gang efter at Selma var rejst at han fulgte denne gamle vane. Han var altså ved at blive normal igen, og det var hyggeligt at tænke på at der ville være gjort i stand og lavet mad når han kom hjem.

Da han nåede hjørnet af Dannebrogsgade, begyndte det at regne, først som et varsel enkelte store dråber der faldt spredt over brostenene, og så pludselig uden overgang en styrtregn af den anden verden der jog folk ind i gadedøre og porte. Han smøgede jakkekraven op og gav sig til at løbe. Der er noget pudsigt og ægte over en fyrretyveårig mand der løber gennem regnen for at redde pelsen. Særlig når han har cigar i munden. Han er ude over den alder hvor man sætter af sted i lange spændstige hop, der er ikke længere nogle piger der skal imponeres, han løber med begge hænderne i bukselommerne, jumber af sted på en sjov, kluntet måde med en slidt mappe under armen klemt godt ind mod siden for ikke at tabe den, han er en kraftig, pæn mand, hatten er trukket ned over øjnene mod regnen, og hvis han ikke maser på, blir cigaren ødelagt af vandfaldet. Rent bortset fra at han blir gennemblødt. Men går han i ly, ka han risikere at komme til at stå der gud ved hvor længe og han bor ikke længere væk end at han kan se porten.

Da han er kommet op ad trappen og står og roder efter nøglerne, synes han han hører stemmer derinde, han får en sær fornemmelse i halsen, og da han har fået døren op og ser Selmas overtøj hænge der på knagen, blir fornemmelsen så stærk at han ligesom standser lidt for at trække vejret.

Han lukker døren op ind til stuen. Den unge pige som Agnes har skaffet ham til at gøre rent og lave mad, står ved bordet og laver et eller andet, og Selma sidder på divanen. Rundt om på stolene ligger der ting af hendes som hun har hentet frem af skuffer og skabe, hun er altså kommet for at hente sine ting.

Nå, er du her, — sir han kort. Og vender sig om mod Elly: Nå, hvordan har De klaret den, her var vel godt beskidt.

Men inden hun endnu har nået at svare, vender han sig igen mod sin kone, står og kigger på hende, hans slidte, gennemblødte jakkesæt hænger sjasket om ham, og ved hans fødder er der ved at danne sig en lille sø.

Jeg er kommet op for at hente mine ting, — sir hun.

Og da han ikke svarer, sir hun lidt efter: Du ved vel ikke hvor min grønne nederdel er.

Han svarer ikke, men ryster på hodet, han synes at være groet fast der midt på gulvet, cigaren har han stadig i munden, men den er gået ud.

Hun fortsætter med at beskæftige sig med sine ting, tilsyneladende tar hun ingen særlig notits af ham, hun ruller strømper ud, ser efter om de er hele ved at stikke hånden ned i dem og langsomt lade strømpen glide over håndfladen, ruller igen strømperne sammen og får fat på en underkjole som hun lægger omhyggeligt sammen og anbringer i vindueskarmen. Indimellem sir hun små ligegyldige ting: Jeg traf for resten Olga i går, sir hun, nu har hun igen fået ny hat, — det er den tredje hat siden manden blev soldat.

Nå —, sir Frederiksen.

Hun er ved at undersøge et par brystholdere kritisk, og lidt efter har hun fat i en nederdel, ser misfornøjet på den og sir at den egentlig trænger til at blive renset.

Han bider sig i læben og ser på det dækkede bord og på Elly. Som for at se et andet sted hen.

Men Selma ser ikke på ham, hun ordner med sine ting og småsnakker stadig:

Jeg ringede for resten til »Libelle« forleden aften for at høre om du var der. Der var noget jeg ville spørre dig om.

Han drejer sig hurtigt om mod hende:

Om hvad da?

Jeg kan ikke mere huske hvad det var, — svarer hun grundende. — Det var vist ikke noget vigtigt. Måske kommer jeg på det senere. — Jeg har for resten fået den sorte kjole lagt ned, ka du huske du altid var gal over at den var for kort.

Og da han ikke svarer, ler hun en lille, munter latter: Inden vi blev gift havde du ikke noget imod at mine kjoler var korte.

— Nå, sir hun lidt efter, nu har jeg vist fået det hele samlet. — Hun ser mønstrende hen over tingene der ligger pænt ordnet på stolen og i vindueskarmen. Nu pakker jeg det sammen, og så kommer jeg og henter det en af dagene, jeg kan ikke ha det med mig nu. Har du noget mod at det ligger her så længe. — Og uden at vente på svar, sir hun: Jeg tror for resten jeg vil ta de sorte strømper på, jeg skal ud hos min søster i aften, og de andre her er så forstoppede.

I en håndevending har hun taget strømperne af og er ved at rulle de sorte op: Er det rigtigt at du skal ha forretning, — spør hun.

Ja —, sir han og har opgivet at se til den anden side. — Jeg er ved at se mig om efter en.

— Så er du da færdig med at gå og råbe dig hæs ved vognen, — sir hun elskværdigt. Hun gir sig god tid, sidder og spiller med de nøgne tær og kigger strømpen omhyggeligt efter endnu engang.

— En dag kommer jeg måske ind hos dig og køber tre pund kartofler, — sir hun pigeagtigt og muntert, hun sidder der på divanen med de lange, hvide ben blottede til hoften, å hun gir sig aldeles for god tid med at få de strømper sat fast, han står og får hundeøjne og kan ikke svare.

Pludselig falder det Elly ind at hun måske skulle gå ud i køkkenet, hun står stadig ved bordet hvor hun har stået hele tiden og ikke vidst hvor hun skulle gøre af sig selv. Måske er hun allerede færdig her, måske hr. Frederiksen blir gode venner igen med sin kone hvis hun går ud i køkkenet.

Og frikadellerne er vel ved at blive kolde. Hun har pakket fadet ind i en avis for at de skulle holde sig varme, men hvis det varer for længe, blir de jo kolde alligevel.

Hun går stille ud i køkkenet og lukker døren efter sig.

D A hun har stået i køkkenet uendelig længe, beslutter hun at gå. Hun får fat i et stykke papir og skriver at hun er gået, og at hun kommer tilbage i morgen tidlig. Der er sovs i den lille skål og hr. Frederiksen bedes passe på, da stolen er malet. Hun stiller papiret op ad frikadellefadet og går.

Da hun kommer ned er det næsten mørkt, på Vesterbrogade vælter lyset ud fra alle de store forretninger. På Rådhuspladsen kommer hun i tanker om at hun ikke selv har spist, og går ind på en automatcafé, det var her hun traf Hjalmar. Hun forstår ikke nu at hun dengang syntes her var så flot. Og hun forstår ikke at hun dengang kunne være så betaget af Hjalmar. Men det var måske fordi hun dengang lige var kommet til København og så alting anderledes end det var. Nu sidder hun her og spiser hakkebøf og er kommet i omstændigheder. Hakkebøffen er ikke gennemstegt, og kartoflerne er halvkolde og underligt våde.

Hun går hjem på Agnes' værelse og går i seng. Hun er gennemtræt, falder straks i søvn og er næsten ikke til at vække, da Agnes ved midnatstid står og rusker i hende og vil ha at vide hvordan det er gået.

Har du talt med lægen, — spør Elly og sætter sig op i sengen.

Jo, Agnes har talt med lægen, men der var ikke noget at gøre. Han turde ikke. — Og hun skynder sig at fortsætte med at sige at det skal hun ikke ta sig af, der skal nok vise sig en udvej, og at der jo er god tid endnu og alt sådan noget.

Og da Elly ikke svarer noget på al hendes trøsteri, spør hun igen hvordan det er gået i dag.

Hvordan det er gået? — sir Elly og har svært ved at blive nærværende.

Ja, hvordan er det gået hos Frederiksen?

Jo, det var såmænd gået meget godt. Hun havde gjort rent og pudset vinduer.

Hun sidder lidt og har svært ved at tænke på andet end det at lægen ikke ville. Men da hun kommer til at se på Agnes' store, rare ansigt, føler hun sig utaknemmelig og gir sig til at fortælle løst og fast om dagens forløb. Om at hun havde malet køkkenstolen og at hun satte sin fod ned i et vandfad med vand. Også det om fuglen der sad nede på plankeværket og slog nogle triller så hun nær var røget ud ad vinduet. Og at hun havde lavet frikadeller og om konen der var kommet hjem for at gøre det godt igen.

— Den modbydelige heks, — udbryder Agnes, — hun har selvfølgelig hørt at Frederiksen skal til at ha forretning nu. Hun har aldrig interesseret sig andet for Frederiksen end de penge han kunne gi hende at købe tøj for. Hun ligger på divanen fra morgen til aften, hvis hun da ikke er ude med en eller anden. Nu har hun altså brug for ham igen, — smed han hende ikke ud.

— Det ved jeg ikke, — svarer Elly. — Jeg gik. Jeg stod i køkkenet og ventede en hel time, frikadellerne blev kolde, og jeg kunne ikke engang sidde ned fordi jeg havde malet stolen. Så skrev jeg en seddel, at jeg kom i morgen tidlig, og så gik jeg.

Agnes klær sig af. Der står en varm og sund dunst af sved ud fra hendes krop, det er en lun nat sidst i maj, der kom ganske vist en byge ved sekstiden, men det er ved at blive sommer nu, nætterne er vindstille og lune, hun er en stor kraftig bondepige og har været i »Trommesalen« og danse. En pige med et hårdt legemligt arbejde kan nu engang ikke dufte af roser en sommernat.

NÆSTE morgen går Elly til Dannebrogsgade. Hun er udsovet og godt tilpas og glæder sig til at få ordnet det hun ikke nåede i går. Og til at se, om køkkenstolen er blevet tør. Hun finder nøglen frem, men ringer for en sikkerheds skyld på døren. Fru Frederiksen lukker op. De står lidt og ser på hinanden. Fru Frederiksen er i en blomstret kimono og er ikke gjort i stand endnu, det sorte hår hænger løst om hodet og Elly kan ikke la være igen at tænke at hun er smuk.

Å er det Dem —, sir fru Frederiksen elskværdigt, — ja De havde jo så travlt i går at min mand ikke nåede at gi Dem besked. Men jeg skulle altså hilse Dem og be Dem undskylde at der ikke længere er brug for Dem.

Nåe —, sir Elly. Og selv om hun måske har tænkt sig noget i den retning, kommer det alligevel bag på hende.

Å det er sandt, et øjeblik, — sir den sorthårede dame og går ind i stuen. Lidt efter kommer hun tilbage, hun har en femkroneseddel i hånden. — Det er for Deres ulejlighed i går, — sir hun.

Tak —, sir Elly overrumplet og tar den. Og mens hun er ved at lægge den i sin taske, kommer damen igen i tanke om noget og henter Ellys kittel ude i køkkenet. — Deres kittel, — sir hun, — vil De ikke ha et stykke papir om.

Joe tak, — mumler Elly. Hun får et stykke papir udleveret og damen sir venligt farvel og lukker døren.

Så står hun der på trappen og er halvvejs hjemløs igen. Hun pakker kitlen ind og går langsomt ned ad trappen.

Hvad nu? Klokken er ikke otte endnu og hun er ikke i humør til noget som helst. Hun går langsomt hen ad gaden.

Hun kunne købe en avis og se om der var nogen pladser. Men hvis det er rigtigt at det er gået galt for hende, kan det vel ikke nytte at gå hen og få en plads. Hun må hellere tale med Agnes, men Agnes kommer ikke fra arbejde før klokken fire i eftermiddag.

Så går hun hen ad gaden uden egentlig at ha nogen idé om hvor hun går hen. Det er underligt ikke at ha noget at ta sig til. Hun går ud ad Frederiksberg Alle og ind i Frederiksberg Have og sætter sig på en bænk.

HELE Dagen drysser hun rundt. Kitlen har hun i en pakke under armen. Hendes humør er elendigt, og når ens sager står skidt er det værste der kan ske en at drysse rundt i en stor fremmed by uden at ha noget at ta sig til.

Ved halvfemtiden går hun hjem på Agnes' værelse. Agnes er ikke kommet endnu, men der ligger et brev på gulvet.

Et brev til hende!

Elly Petersen står der på konvolutten.

Det er fra hr. Frederiksen. Han skriver at han har været her for at ville tale med hende. Og ber hende komme i morgen tidlig og fortsætte sin plads.

Brevet er skrevet med store klodsede bogstaver som af en mand, der ikke er vant til at skrive. Der står *Venlig Hilsen. Hr. Frederiksen*. Og nedenunder står der *Undskyld*.

SYVENDE KAPITEL

I en by går man til grunde eller man sejrer. Men man går aldrig helt til grunde og man sejrer aldrig fuldstændigt. I det levende liv eksisterer den absolutte *happy end* ikke og det helt knusende nederlag eksisterer kun i frygten. Hvis man da ikke ligefrem lader sig slå ihjel af vanskelighederne.

Det er ikke alle der finder hvad de søger. Måske er der ingen der finder hvad de søger. Måske det de finder, er bedre, man tilpasser sig, og hvis tilpasningen betyder opgivelse af romantiske illusioner og honette ambitioner, står man bedre fast i denne myretue af mennesker der slås for sig selv og deres. Ingen steder er man så ensom som i en storby. Ingen steder er en romantisk opfattelse af livet farligere.

Filmromaner og søndagsskolenoveller er en farlig ballast at komme til en moderne storby med. En stor by er en jungle. Det sker at sekstenårige piger kommer til København med forløjede forestillinger om tilværelsen eller med for ringe viden om netop det det ville være værdifuldt for dem at vide besked med. Ikke mindst om den slags ting der normalt kun omtales i medicinske forelæsninger. Og måske knapt nok der. Man er aldrig garderet med uvidenhed. Der går for megen tid med at tilegne sig viden om de elementæreste ting. Og der går let for meget i skuddermudder i mellemtiden. Nu går en pige rundt i denne by og er kommet i omstændigheder. Hun er ikke stort mere end et barn endnu og er blevet overrumplet af den brutale virkelighed der lader enhver klare for sig selv uden hensyn til alder og køn. Hun er dårlig nok kommet hertil, før byen begynder at gi hende lektioner i det af alle fag som hun ved mindst om. Det er godt nok at hun kender Agnes, og at Agnes ved bedre besked med den slags ting, men det er jo lovlig sent hvis det er gået galt, og desuden er det vel tvivlsomt hvad hjælp Agnes kan yde hende. Agnes snakker om at finde en læge der tør hjælpe, og Agnes trøster med at hvis det ikke lykkes, regnes det jo ikke for en skam nu til dags at få et barn. Og til trods for at Elly ikke er noget hængehode, er der vel sådan set ikke noget mærkeligt i at det midt i opvasken pludselig kan bryde sammen for hende, så hun går ind og smider sig på divanen og gir efter for sin trang til at græde ud.

UNDER alle omstændigheder er det et held for hende, at hun har fået denne plads hos gadehandleren. Han er jordens rareste menneske, og hun har en særlig glæde af at holde rent og ordne i den lille etværelses lejlighed uden at ha nogen til at kommandere med sig, det er morsomt selv at bestemme hvad der skal laves til middag i dag, han blander sig ikke i noget og er aldrig utilfreds. Har måske heller ikke grund til at være det. Nogen rigtig plads til en rigtig menneskeløn er det jo ikke, men som hendes forhold er, kunne hun ikke ha fundet noget bedre sted at gå og vente på hvad der vil ske. Hun har skrevet hjem at hun har fået en god plads, det vil berolige dem, hun er sikker på at de ikke har nogen forestilling om hvordan der ser ud i Dannebrogsgade over gården, og da hun udmærket ved hvordan hendes far ser på den slags ting, har hun skrevet at hun var i huset hos en frugthandler. Frugt handler han jo med og for den sags skyld skal han jo nu til at ha egen forretning, så hel løgn er det jo ikke. Helt sandt er det jo ganske vist heller ikke, men det får de jo aldrig at vide, og så snart hendes vanskeligheder er overstået, vil hun se at få en rigtig plads. Og hendes vanskeligheder skal overstås, på den ene eller den anden måde.

En formiddag kommer Frederiksen pludselig hjem og sir at nå, nu glider det, der har været en annonce i Berlingeren om en grøntforretning på det yderste Vesterbro, og han har nu til morgen været ude og tale med indehaveren og se bøgerne. Frederiksen, der til daglig sir så lidt, er direkte kommet i sludrehjørnet og står i døren til køkkenet og kæfter op som en skoledreng, han har i sit stille sind allerede købt forretningen og besluttet at male nye gule skilte med sorte tydelige bogstaver: E. Frederiksen. Der var et par gadehandlere der ville glo på den biks, nogle kommer frem i denne verden, andre blir hængende ved trækvognen.

Men nu køber De den vel ikke før De er sikker på at den virkelig er pengene værd, — sir Elly omsorgsfuldt og husmoderligt.

Kunde ikke falde mig ind, — svarer Frederiksen og er taknemmelig for interessen. — Jeg køber ikke katten i sækken, jeg har set kvitterede regninger for indkøb af varer, og det svarer så nogenlunde til den omsætning han opgir, — desuden køber jeg den ikke hvis jeg ikke føler mig fuldt overbevist om at den er go nok, og skulle den smutte fra mig, skal der jo nok vise sig en anden før eller senere, mine tolv hundrede står i banken og de løber ikke deres vej.

Hvis det nu er en svipser —, sir Elly ængstelig.

Tja —, svarer Frederiksen, og de tykke furer i ansigtet træder frem igen, — så må jeg påen igen, det ville ikke være så sjov, men jeg dør jo ikke af det, og om et par år er jeg vel klar til at prøve igen. Men nu får vi se, manden lod til at være allright og inviterede mig til at tilbringe en dag i forretningen, så jeg selv kunne kontrollere salget.

Det må De da endelig gøre, — sir Elly.

Det gør jeg også, jeg har sagt at jeg kommer derud i morgen, og det var jo egentlig det jeg ville: Kunne De ikke ta og smøre mig en ordentlig madpakke til i morgen, men sådan lidt pæn mad forstår De, hvis jeg skal sidde og spise sammen med manden, ville jeg gerne kunne pakke op for noget der ikke var alt for fladt.

NÆSTE morgen tar Frederiksen af sted; i sit pæne tøj og med en mægtig madpakke under armen. Der er sikkert folk der tar det mindre højtideligt for at købe sådan en skaldet butik i en forstad, men når man nu har været år og dag om at skrabe de penge sammen og desuden har hørt tilstrækkeligt om folk der er blevet taget i skægget når de satte deres sparepenge i en forretning. Folk der troede at nu endelig havde de en sikker levevej, og som i løbet af nul komma fem havde sat det hele til og stod på fortovet med deres møbler. Mest folk fra landet der ikke var helt unge længere og som syntes at det kunne være godt og rart at sidde med en forretning inde i byen og ha deres gode udkomme.

Frederiksen mente nok at han kendte tilstrækkeligt til denne verden til ikke at blive taget ved næsen. Han nærede en sund mistro til folk der var elskværdige, og havde taget madpakke med. Fordi en forretning har salg om formiddagen, kan den godt ligge død resten af dagen. Da han trådte ind i butikken med sin madpakke under armen, skævede de lidt til pakken, men man sætter nu engang ikke sine spareskillinger i sådan en biks uden at ha fast grund under fødderne.

Men forretningen lå ikke død. Der var faktisk kunder i butikken hele dagen. Og det var ikke for ti øre persille eller et bundt gulerødder, det var folk der købte noget. Sådan noget som blommer og citroner gik der godt af, varer med en pæn avance, det var ikke trykkede priser, det var pæne priser og alligevel var der fart i salget. Næsten så meget at mistroen vågnede igen. Forretningen var stoppet af friske varer. Næsten for friske. Mistænkelig friske; blev han nu knaldet for sine tolv hundrede, kunne det ta ham år og dag inden han igen fik skrabet penge sammen til en udbetaling på en forretning. Men somme tider må man vove noget her i tilværelsen. Og sådan set var det ikke morsomt at fortsætte med vognen efter at han var begyndt at hygge sig med tanken om at stå i sin egen forretning. Når han sådan så småt havde set sig selv i ånden som grønthandler på Grønttorvet for at gøre indkøb. Som gadehandler havde han skævet nogle gange til de folk når de stod der med en forretning i ryggen og købte ind.

Frederiksen spiste sin frokost i baglokalet sammen med grønthandleren der gav øl og lavede kaffe og i det hele taget var svært hyggelig. Da Frederiksen var færdig, gik han igen ud i forretningen og stod og så på. Hjalp en enkelt gang til med at ekspedere. Butikken lå i et tætbebygget kvarter og det så ud til, at der var mange forbipasserende der købte. De stod lidt foran vinduet og så på varerne og kom så ind og handlede. Mest blommer og citroner. Måske var der heller ikke så mange gadehandlere her i kvarteret, de folk kan jo spolere en hvilken som helst hæderlig forretning som de gir sig til at sværme om med deres elendige varer og trykkede priser.

Men det var alligevel mærkeligt. Nu havde der lige været en kone inde og købe for et par kroner, og på en eller anden måde kunne han se at hun ikke hørte hjemme der i kvarteret, sådan noget ser en gadehandler straks, hun havde net med til varerne, et af den slags man brugte før i tiden, men som man ellers ikke ser mere. Og da Frederiksen gik ud af butikken efter hende, så han at hun tog en sporvogn. Man slæber da ikke det halve af byen rundt med et net fuldt af grøntsager.

På den anden side af gaden lå der en automatcafé. Der ville man kunne sidde en eller anden tilfældig dag, for eksempel i overmorgen, og iagttage hvor mange kunder der kom. Det vil sige, man kunne jo ikke sidde der selv, man kunne blive set, og hvis det hele var løgn og plat, ville kunderne altså vælte ind i butikken i samme øjeblik man havde placeret sig ved vinduet. Men Elly kunne sidde der. Måske var det hele allright, men man skal ikke købe katten i sækken.

Så er murerens datter fra Frederikshavn altså blevet privatdetektiv. Nu sidder hun ved automatcafeens vindue og holder øje med grønthandlerforretningen gennem gardinet.

Klokken er ti, det er en juniformiddag, solen falder ind gennem døren der står åben, der er kun få mennesker i cafeen. På væggen er der malet flamingoer og kinesiske templer, cafeen er fin og proper her om morgenen, der stråler af glas og nikkel, alt er rent og fint og ved buffeten står en tjener i hvid trøje. Han serverer for de gæster der vil ha det, og rydder i øvrigt af bordene, ser efter automaterne og går og dasker hist og her med sin sammenrullede serviet og hvad han nu ellers kan finde på. Han er slank, har sort hår og brune øjne.

Nu har Elly jo ganske vist én gang gjort en sørgelig erfaring med sort hår, men der er noget ved hans ansigt og hans øjne der gør at hun ikke kan se op da han skænker kaffen. Noget der forvirrer hende. Noget der får hende til at glemme at kigge efter grøntforretningen, hun sidder og ser ned i koppen mens hun rører rundt, og hun blir ved at røre rundt. Da hun omsider indser at nu må det være nok og ser op, møder hun hans øjne i et kort øjeblik og gir sig så i mangel af noget bedre til at rode en cigaret frem af sin taske og tænde den.

Der er stille i cafeen. På gaden udenfor kører der sporvogne, cykler og biler, men det er som om støjen standser ved døren. Man hører skramlen af porcelæn ude fra køkkenet og når lemmen ved buffeten med mellemrum bliver skudt op, kan man høre at pigen der vasker op, nynner. Der er noget der ligger og dirrer i denne luft. Nu har Elly drukket sin kaffe og sidder og vipper uøvet med cigaretten. Røgen står i en smuk blå stribe lodret i vejret, først oppe ved trækruden kommer der uorden i den. Elly stirrer uafvendt på grønthandlerbutikkens dør, men al hendes væsens interesse er vendt den modsatte vej, mod buffeten. Hun er ene gæst i den morgenstille café. Ved buffeten står den sorthårede tjener i sin nystrøgede, hvide trøje. Hun mærker hans øjne på sig.

GRØNTHANDLERENS dør er ikke nogen travl dør. Ved titiden gik der en mand med mappe og cykelspænder gennem den, og tyve minutter i elve var der en kone, der gik gennem den for at købe et bundt gulerødder. Udenfor butikken står nogle kasser med blomkål, lidt i tolv er der en stor hund der til underretning for hundeverdenen ønsker at mærke kassen med sin specielle lugt og derved kalder grønthandleren ud ad døren. Grønthandleren er en stor rødmosset mand med fedtplettet vest og urkæde, han skælder og bander over de satans svinehunde, men slår pludselig over i en apatisk tilstand, læner sig op mod dørkarmen i solskinnet, graver en tandstikker op af vestelommen og hengir sig inderligt til sin yndlingsbeskæftigelse, undersøgelsen, den metodiske undersøgelse af de hule tænder. Klokken tolv går Elly hjem.

Da hun klokken to kommer tilbage, vækker det forundring i cafeen. To kvindehoder kommer til syne i køkkenlemmen og tjeneren retter på sit slips. Atmosfæren, det dirrende i luften, er der igen. Da hun bestiller kaffen, ser hun ikke op.

Tjeneren hedder Andersen og er nok ikke stort mere end en snes år. Mens han retter bakken an, grunder han over den lyse pige ved vinduet. Han er længe om at servere, flytter flødekanden to gange, hendes øjenvipper er lange og buede, huden er næsten gennemsigtigt fin, hvis hun så op på ham nu, ville han føle det som et stød. Hvorfor sidder hun her en hel formiddag, hvorfor kommer hun nu tilbage. Hun er spinkel og fin i lemmerne, hun er lidt tynd og virker højere end hun er, rent kropsligt er hun på ingen måde hvad man forstår ved en flot pige. Men munden er fyldig og blød, og håret ser ud til at dufte af alverdens vellyst. Så slår han et slag med servietten på det nærmeste bord og sir forsøgvis noget om vejret og om at sådan en dag skulle man kunne gå sig en tur på Langelinje. Og måske er det fordi den lyshårede pige sidder og keder sig at hun svarer elskværdigt på hans bemærkning og endda smiler, hun sidder der i solstriben ved vinduet, solen glitrer i hendes lyse hår og nu hun ser på ham, ser han rigtig hvor blå hendes øjne er, hun har en lys, nystrøget sommerkjole på med en lille krave i halsen.

— Eller bare en tur ind gennem Søndermarken og Frederiksberg Have, — sir han for at holde samtalen i gang.

— Ja, — svarer Elly, — sidde på en bænk og blie solbrændt. —

— Ja, — sir han, og det viser sig at han ikke er spor af dæmonisk og overlegen, men drengeagtigt ivrig, når alt kommer til alt er han vel ikke engang tyve, måske snarere atten end tyve, — hvis jeg ikke var nødt til at være her, var jeg osse ude i solen, ka De bande på.

Ellys skyhed er ved at vejre bort. Desuden er det afgørende ikke om man er sorthåret, det afgørende er det ved

91

øjnene, han har noget ved øjnene. De er alene i cafeen. Når man ser bort fra at køkkenlemmen står på klem. Men når hun hellere vil være ude i solskinnet, hvorfor sidder hun så her?

Hun forklarer ham det gerne, en bekendt af hende er ved at købe grøntforretningen derovre, og nu har hun påtaget sig at se om der kom nogen kunder.

Ja, det anede mig, — sir han, — men det kunne jeg ha fortalt Dem allerede i morges, hvis De havde spurgt mig, det er ren svindel med den grøntforretning, De må endelig sige til Deres hr. bekendt at han må ikke sætte fem flade ører i den butik.

— Ren svindel? — sir hun.

Ja, sikken et held, at vi kom til at snakke om det, den tykke derovre lever nemlig af at starte grøntforretninger, det er vist den sjette forretning han er i gang med.

Elly er ikke så kendt med en storbys rævestreger at det rigtigt går op for hende hvordan man kan leve af at starte grøntforretninger.

Joe —, sier Andersen, — det er sådan set lige ud ad landevejen: Han lejer et tomt lokale og fikser det op, sælger i begyndelsen til små priser og hvad han nu ellers ka gøre for at få gang i omsætningen, desuden forsyner han hele sin familie og sælger varer til indkøbspris til venner og bekendte, en hel del af varerne, konserves og vin og sådan noget der kan holde sig, kører han ganske simpelt hjem i sin lejlighed og hober det op der. De kører hele kasser af øl og spiritus hjem til hans bror, der holder smugkro i Estlandsgade. Det gælder om at kunne vise regninger på et stort indkøb, forstår De, på den måde kan han sagtens bevise at der er gang i omsætningen.

Å —, sir Elly, — tænk hvis Frederiksen var gået hen og havde købt den forretning. —

— Hvem er Frederiksen, — spør han.

Men da hun ikke svarer og bare sidder og ser forskrækket ud ved tanken på Frederiksens surt erhvervede sparepenge der nær var røget i luften, ser han bare et øjeblik eftertænksom ud og fortsætter så:

Nå og så hæver den tykke priserne lidt efter lidt til de blir normale, og averterer forretningen til salg, stor omsætning, godt beliggende i tætbebygget kvarter og så videre. Og så bider en eller anden djævel på fordi han ikke har andet at holde sig til end bøgerne der viser hvor meget der er købt ind. Og så bagefter kan han ikke regne ud hvorfor forretningen ikke går, og en skønne dag må han gå fra det hele hvis han ikke har så mange sparepenge at han blir siddende med den i håb om at forretningen vil komme til at svare sig.

Nu må Elly gå, for nu er det jo næsten livet om at gøre at få forhindret at Frederiksen køber den butik. For selv om det jo nok er rimeligt at han ikke foretar sig noget inden han får resultatet af Ellys ekspedition at vide, kan det jo være at han af en eller anden grund måske mener at der ingen fare er på færde og at det er bedst at købe forretningen inden nogen kommer i forkøbet.

Ja, så ser jeg Dem vel ikke mere, — sir Andersen sagte da hun betaler. Det er jo ikke noget der kommer køkkenlemmen ved.

Elly studser og blir lidt forlegen. Hun sidder og roder med småpengene og kan mærke at hun blir varm i kinderne.

Så rejser hun sig og sir hurtigt og varmt: Jo, måske.

Men han lar sig ikke nøje med måske, han standser hende i døren og sir: Hvorfor måske, kan vi ikke gå en tur sammen en aften jeg har fri. Hvis De da har tid.

Jo, — sir hun og synes det osse. Hun er en ligefrem pige og spør ham hvornår han har fri. Han går med hende helt ud på gaden, på onsdag altså. Han gir hende hånden da hun sir farvel. Ovre på den anden side af gaden står den tykke grønthandler apatisk i sin dør og stanger tænder.

D A Elly kommer hjem, er Frederiksen ikke hjemme. Men i korridoren ligger der et brev og et brevkort. Brevet er til hende selv hjemmefra Frederikshavn, hun åbner det med brødkniven og sætter sig på køkkenstolen for at læse det. Tre tætskrevne sider. Moster Karen er kommet på hospitalet, Esther har fået plads hos gartner Thomsen og de har fået linoleum på gulvet i spisestuen. Og far kommer til København og besøger dig, måske allerede i næste uge hvis han kan nå at blive færdig med det hus ude i Pikkerbakkerne.

Far kommer til København!

Men far må ikke se hende her i Dannebrogsgade, det er jo ikke nogen rigtig plads og det kan far se med et halvt øje og så blir hun nødt til at fortælle det hele. Hvad skal hun dog gøre? Hun lægger brevet i konvolutten igen og ved hverken ud eller ind.

Hun sidder også med brevkortet i hånden. Det er til hr. Frederiksen. Brevkort har man lov at læse, å det er jo fra grønthandleren, den tykke grønthandler: Håber at høre fra Dem omgående da jeg har en anden liebhaver til forretningen.

Hvis nu Frederiksen har været hjemme og set det kort og er gået ud for at skrive kontrakt. Hun rejser sig med et sæt: Hun må finde ham.

Men da hun kommer ud i korridoren, blir hun tvivlrådig. Hvor i alverden skal hun søge efter ham. Det er jo umuligt at sige hvor han er. Måske er han i en af de små cafeer på Grønttorvet, men hvis hun går der hen, kommer han måske hjem i mellemtiden.

Alligevel beslutter hun sig til at gå. Hvordan skulle hun

kunne sidde med hænderne i skødet. Da hun går ned ad trappen, møder hun ham.

Å gudskelov, — sir hun og er lige ved at falde ham om halsen af glæde, — jeg var så angst for ikke at få fat i Dem. De må endelig ikke købe den forretning.

De står på trappeafsatsen. Der er så mørkt at de dårlig kan se hinanden.

Hvorfor må jeg ikke købe den, — sir han.

Det er en svindler, — svarer hun, — han lever af at starte forretninger.

Og hun fortæller ham om alt det tjeneren har fortalt hende.

— Hvor er De dog en storartet pige, Elly, — sir han. Og hans stemme er mere levende end den plejer at være. — Der ku jeg nemt være kommet til at ryge cigaren. —

De begynder at gå op ad trappen.

Hr. Frederiksen —, sir Elly.

Ja —, svarer han og vender sig om mod hende.

— Jeg er så ked af det, — sir hun så, — men jeg har fået brev hjemmefra, far kommer herover så jeg blir vist nødt til at søge mig en rigtig plads.

Han standser og står lidt uden at sige noget. Så sir han: Jamen hvorfor det.

Og da hun ikke svarer: Jeg ka godt gi Dem noget mere i løn. Hvad mener De med en rigtig plads.

Men hun står bare der og ved ikke hvad hun skal sige.

Han står og ser lidt på hende. — Nåe ja —, sir han så og går videre op ad trappen.

OTTENDE KAPITEL

A GNES har stadig ikke fundet en læge der kan hjæl-
pe Elly. Hun blir ved at sige at det ordner sig nok alt
sammen, men dagene går, den ene dag går efter den anden
og for hver dag der går, antar ulykken fastere former, den
ugifte kvindes evige frygt der forvandles til vished, en tru-
ende mulighed der dag for dag forvandler sig til en reali-
tet, et håb der svinder bort for hver dag der går til ende, en
fare der ikke længere er nogen fare, men en brutal realitet
der spærrer alle veje. Det kommer over hende i ryk, hun kan skyde det fra
sig, men det kommer tilbage. Og for hver gang det kom-
mer tilbage, er det hårdere, for hver gang det kommer
tilbage er det nærmere. For hver gang det kommer over
hende er frygten mere vished og mindre håb. En af livets
voldsomste og mest beklemmende kendsgerninger er ved
at gå op for hende: Ingen eller intet våger over vore fjed, vi
har kun os selv at stole på. Al snak om at når ulykken er
størst, er hjælpen nærmest, gælder ikke i det levende liv.
Vi har ingen skytsengle der våger over os og tænker for
os og handler for os, ulykken indfinder sig med usvige-
lig sikkerhed hvis vi intet selv gør for at afvende den. Og
hvis vore kræfter ikke slår til eller tilfældet kommer os til
hjælp, så er det så sikkert som amen i kirken at den en dag
er over os. Mennesker kan hjælpe hinanden, og tilfældet
kan komme en til hjælp, og måske viser truslen mod vor
tilværelse sig at være indbildt, men man har kun sig selv

at stole på; man kan have heldet med sig, men ingen mystiske kræfter på jorden eller i himlen ordner tingene for os, ingen venlig fé skriver vort livs novelle og sørger for en happy end. Overfor ulykken der nærmer sig, hjælper ingen slagord om at det ordner sig nok alt sammen. Ingen ulykke er definitiv og solen står altid op på ny, men en del af os blir lemlæstet; hvis ikke forsynet blot var et håb og en trøst så verden vel anderledes ud.

OG selv om Elly er en rolig og besindig pige, holder det hårdt for hende når hun er alene og hun ser sin skæbne komme nærmere. Sammenlignet med denne trussel mod hendes tilværelse, synes alle andre vanskeligheder at være det rene legeværk, — når hun på gaden ser andre unge piger, misunder hun dem at de ikke er i hendes situation. Det falder hende ikke et øjeblik ind at nogen af dem måske er det. Ja, at man med sikkerhed kan gå ud fra at adskillige af dem er det. Pigerne ophørte jo ikke på dato at komme i omstændigheder da landets retsvæsen indførte en ny praksis. Eller ophørte at forelske sig, den slags er jo nu engang unddraget al lovgivning. Og mulighederne for på betryggende måde at kunne sætte et barn i verden og ernære det er jo ikke blevet større. Måske snarere mindre.

SELVFØLGELIG er der andre problemer i verden end det, at hun er med barn. Men de er ligegyldige og hverdagsagtige, småproblemer af den slags der fylder menneskers daglige trummerum-tilværelse, der er det at hun må ha skaffet sig en ny plads inden hendes far kommer herover, der er det at hun har lovet at ta på søndagsudflugt med Andersen, og at hun egentlig synes at det er forkert når hun ikke har fortalt ham hvordan det er fat med hende, der er det at hun næsten ingen penge har og at hun ikke har fået betalt i sygekassen siden hun kom herover, og der er det at Hjalmar blir ved at opsøge hende. Det er al den slags man ligger og går igennem i tankerne søndag morgen inden man står op, hun ligger med armene under nakken og strækker sig, og hvis hun ikke havde sit problem der voksede for hver dag, var livet godt nok, solen falder skråt ind gennem kvistvinduet og ude i tagrenden er der nogle spurve der skvadrer af hjertens lyst, hun ligger der og strækker sig og prøver at slippe fra sine bekymringer ved at tænke på om hun skal ta den sorte kjole på med den lille nedfaldskrave, eller hun skal ta den blomstrede sommerkjole der er falmet og ved at blive for kort til hende, det er søndag morgen, klokken er hen ad ni og lyden af dørsmældet da Agnes gik, sidder endnu i øret på hende, røgen af Agnes' evindelige cigaretter hænger endnu i luften, på underkoppen ved Agnes' seng ligger der fuldt af cigaretstumper, hun ryger for meget Agnes, og det ser grimt ud at hendes fingre er helt mørkegule af nikotin. Måske hun alligevel skal ta den blomstrede på, nu hvor det er ved at blive så varmt. Hendes ene storetå stikker op for fodenden af dynen, og trods pinagtighederne, der blir ved at trænge sig ind på hende, kommer hun til at smile, det ser så grinagtigt ud. Frk. Jørgensen på pensionatet havde rødlakerede negle på tæerne og en smal guldlænke om anklen. Ja hun vil ta den blomstrede på, og hvis de skal drikke kaffe et sted, vil hun betale for sig selv, for Andersen tjener nok ikke mere end hun selv gør.

Støvnuggene danser i solstriben, og i den solbelyste firkant på gulvet er brædderne slidte og ujævne, på underkoppen ved Agnes' seng ligger en cigaret og oser, Agnes slukker aldrig sine cigaretter, den sender en fin, tynd, blå røgslinge i vejret gennem solstriben, Elly ligger og følger den med øjnene, hendes ansigt er ikke det samme som da hun for et par måneder siden kom til København, håret har været permanentet og har ikke længere det silkebløde, smukke fald, øjenbrynene er barberet smallere og der er kommet noget agtsomt i de blå øjne. Men smilehullerne er der endnu og hagens barnlige runding er den samme, nu har hun sat sig over ende i sengen for at skifte undertrøje, det er søndag morgen og hun skal på søndagsudflugt med Andersen.

De tar med toget til Klampenborg og følger strømmen op til Peter Lieps hus hvor de uvilkårligt standser og ikke rigtig ved hvilken vej de skal gå. Men vi kan jo altid gå lige ud, sir Elly, og så går de lige ud, og et stykke fremme drejer de til venstre og går ned forbi Fuglsangsøen. Han ser helt anderledes ud nu i sit pæne sommertøj end i tjenerjakken, han er ligesom mere ligetil og mindre fremmed, han har fotografiapparat med og en æske med smørrebrød fra en smørrebrødsforretning, i knaphullet har han et emblem fra en roklub.

Vi roede osse derhjemme, — sir Elly, — vi har ligget og pjasket med både nede ved havnen fra vi var ganske små.

— Agnes har engang sagt noget om at hvis mænd har en interesse, skal man snakke om det, mænd elsker at snakke om sig selv.

— Nåe, sådan med joller, — svarer han, og man kan mærke at han ikke rigtig kan anerkende det som roning. Men hun har alligevel trykket på den rigtige knap, sidste sommer var han med på langtur Sjælland rundt, de havde telt med og overnattede på stranden, de havde haft bål og havde siddet og sunget ud over vandet, og det havde været så storartet når de sad der og bålet langsomt døde bort, man så bare ansigterne som ilden lyste på, udenom var der bare mørke og hele tiden svirrede insekterne ind i flammerne, en aften kom de så sent i land at de gav pokker i at rejse teltet og lagde sig i soveposerne på den bare strand.

Ved Fortunen drejer de ud ad skoven og ud på det åbne land, de kommer godt af sted;, det er frisk vejr, og efterhånden ved de ikke længere rigtig hvor de er. De finder en mark med højt græs hvor de kan sidde i ly af en lille vold og spise frokosten, bagefter smider de sig, så lange de er, i græsset, og da han lidt kejtet og lidt prøvende vil lægge armen om hende, blir hun pludseligt og voldsomt erindret om sit mareridt og støder ham heftigt fra sig. Og da han i stedet for at blive stødt bare sir noget om at sådan skulle hun ikke opta det, er det ved at ta magten fra hende igen, hun blir tyk i halsen, og hvis hun ikke tar sig voldsomt sammen, vil tårerne om et øjeblik presse sig frem. Han blir tavs og forbavset, og da han lidt efter spør om han har såret hende, er hun kvinde nok til at forhindre yderlige forespørgsler ved ikke at sige nej. Men da han derefter ikke med sin bedste vilje kan fatte at han har gjort noget galt, og derfor blir lidt ligeglad, slår en lettere tone an og sir at de må vel hellere se at komme videre, er hun lige ved at gi efter for sin trang til at betro sig til ham, fortælle ham det hele, måske ville han forstå det og ikke synes mindre om hende af den grund. Måske ville han kunne hjælpe hende og råde hende, der er ingen hun hellere ville modta hjælp af. Men hun behersker sig og ligger bare og ønsker at hun kan være kvik og munter og ikke ødelægge deres tur. Men hun kan ikke.

Så rejser de sig og går videre. Længere fremme går en bivej ind til skoven, i skovbrynet ligger et skovløberhus med servering hvor de sætter sig til at drikke kaffe, de finder et rart sted i et hjørne af haven, og da han vil fotografere hende og hun i den anledning uvilkårlig og trods sit triste ansigtsudtryk gir sig til at rette på håret og trække kjolen ned, fordi den blir ved at krybe op over knæene, kommer han til at le, og da hun gravalvorlig og tynget af sin misstemning sir at det er fordi kjolen er fra i fjor og den er krøbet i vask, ler han stadig så hun også kommer til at le.

Så ud på eftermiddagen sker den store begivenhed der med ét slag retter hendes tilværelse op. De har været et langt strejftog tværs ind gennem skoven, er kommet over Eremitagesletten og ad en af de smalle stier til Ulvedalene og trods det at de ellers er godt på vej til at blive trætte, får de et anfald af kådhed og løber hånd i hånd ned ad den store, stejle bakke.

Ved foden af bakken standser hun pludselig op, står et øjeblik og ser forbløffet ud, og sætter sig så ned med et udtryk af den anden verden, så han hverken ved ud eller ind og knæler ned og spør om hun er blevet dårlig.

Næ hun er ikke sådan dårlig, men lidt efter sir hun at hun vist alligevel hellere må ta hjem, så noget er der jo sådan set nok i vejen, det har nok været den vilde tur ned ad bakken, der går pludselig noget op for ham, kvinder har så meget, han påtar sig en vidende og forstående mine og hun ser jo egentlig heller ikke sådan ked ud af det, snarere tværtimod.

Så går de til toget, og hvis han ikke er ked af det, vil hun hellere stå af på Nørreport og gå lige hjem. Da hun sir farvel, ber hun ham om undskyldning hvis det er at hun har ødelagt turen for dem. Men han forsikrer at det har hun ikke og spør hvad hun skal lave på onsdag aften.

Og det første hun gør da hun kommer op på gaden, er at ringe til Agnes der nok ikke er gået fra hotellet endnu, da det er søndag og en af pigerne er blevet væk fra pladsen i går morges.

Agnes kommer til telefonen, og Elly er så kvidrende glad, det er i orden nu, alt er i orden, å det er slet ikke til at sige hvor glad hun er, hendes stemme slår helt over af lykke, hele verden er med et slag forandret til et lykkeland, og længe efter at hun er kommet ud fra telefonboksen går hun og smiler, og af og til ligefrem hopper det i hende, luften har fået en lysere tone og gadebilledet har fået farver og hun ser detaljer som hun normalt ikke lægger mærke til, dampen fra en bred og rund og svedig hesteryg, det lille glas med blomster i avismandens bod, den sene søndageftermiddags varme sollys over tagene, og mågerne der sejler af sted der højt oppe på stive vinger.

JA, — sir Agnes, — det tænkte jeg såmænd nok at det var falsk alarm. — Hun sidder på sengekanten og ryger en cigaret, hun holder den mellem tre fingerspidser og tar salver, en kæderyger der i flere timer ikke har fået sig en smøg. Elly er ved at vaske gulv, hun har stillet stolene oven på bordet og slået det slidte divantæppe op, en underlig mani at gi sig til at gøre rent søndag aften når man kommer hjem fra en udflugt. Men trætheden er åbenbart gået af hende, hun ligger på knæ og tar panelerne og hun kommanderer Agnes' ben i vejret så hun kan nå ind under sengen, hun er bare ked af at det er hen under aften, hun har den største lyst til at ta fat for alvor, pudse vinduer, sæbe paneler af, vaske gulvet ude på gangen, vaske sig selv osse og skifte fra inderst til yderst bare for fornemmelsens skyld. Og stikke en buket morgenfruer i den gamle vase henne i vindueskarmen, hun er ved at gå til af trang til at regere med alting og ordne alle de bagateller som hun i den senere tid har været ligegyldig overfor, de sorte sko der skal til skomaren, sygekassen som hun i hvert fald må gå op og tale med og få henstand, se at få skrevet det brev til Frederikshavn. Og så få fat i en avis allerede i morgen tidlig for at se efter en rigtig plads.

Agnes har lagt sig på ryggen og skudt skoene af og er for rar til at gøre vrøvl over at komme hjem til et værelse der er på den anden ende.

— Hvorfor vil du egentlig ha en anden plads?

— Hvorfor? — Elly standser midt i rengøringsraseriet og forstår hende ikke rigtigt. — Ja altså fordi det jo kun var på grund af forholdene hun havde taget det hos Frederiksen.

Jo, men du går jo og har det godt der.

Ja, selvfølgelig, — Elly er tvivlrådig, ved ikke rigtig hvad hun skal sige, det er jo så selvfølgeligt at hun får sig en rigtig plads, nu hvor hendes forhold er kommet i orden.

— Du blir ved at tale om en rigtig plads, — sir Agnes, — den plads kan da være lige så rigtig som enhver anden.

Der er noget her Elly ikke fatter, og det ærgrer hende at hun ikke kan finde argumenter, at ordne gadehandlerens lille baggårdslejlighed og lave mad til ham er da ikke en rigtig plads: Ja jeg mener altså en plads hvor jeg får en ordentlig løn.

Ja, det er ikke fordi jeg vil blande mig i dine ting, men Frederiksen har jo sagt at han vil betale dig det samme som du kan få andre steder, hvis du vil blive. — Agnes har rejst sig op på albuen.

— Jamen synes du da ikke det er rigtigt? — spør Elly.

— Jeg lærer jo heller ikke noget ved at passe hus for Frederiksen.

Næ, nu må du undskylde mig, — sir Agnes, — det er da der du netop lærer det du har brug for, at kunne købe ind og lave mad på egen hånd og passe på det ikke blir for dyrt og alligevel få noget godt ud af det, få det til at strække til, hvad tror du du lærer som stuepige i et grossererhjem, at dække op til tolv personer måske, at kende forskel på et rinskvinsglas og et ølglas og lægge gaflerne i den rigtige rækkefølge og altid huske at servere fra venstre side og al sådan noget som du aldrig får brug for medmindre du blir gift med en af de fine.

— Men det gør jeg måske, — sir Elly for dril.

— Nå ja, men hvis du gør det, kan du jo bare anta hjælp der kender al det der. Eller købe en bog det står i.

Elly blir igen alvorlig: Jeg tror ikke du rigtig forstår det, — sir hun. — Desuden kommer far herover og jeg ved han ville synes det var mærkeligt hvis jeg ikke havde en rigtig plads.

Agnes puster en røgstribe langsomt fra sig og svarer ikke.

OG efter nogle dages annoncelæsning og sporvogns- kørsel får hun sig så en plads hos en direktør i Hellerup, hun skal begynde allerede den femtende, så vil hun være i fuldt sving derude når faderen kommer, de sidste dage gør hun sit tøj fint og ordentligt i stand, hun har været ude og købe to stuepigeforklæder og hun har fået håret permanentet og gjort sine sorte strømper i stand, da fruen derude helst ikke så hun gik med silkestrømper hvis hun da havde nogen andre, sin nye sorte kjole med den lille hvide krave i halsen kan hun bruge til hverdagskjole, det er ganske vist hendes eneste ordentlige kjole, men hun får vel snart råd til at købe en anden.

Og da hun for tiende gang har fået sagt farvel til Agnes og står op på en linje ét med sin kuffert nede ved Storm- broen, er det på en måde som om hun først er kommet til København nu, som om alt det hun har oplevet, ligger så fjernt allerede som om det bare har været et forspil. Der ligger Thorvaldsens Museum hvor hun var inde i vinters med Hjalmar, det er næsten som om det ikke har været hende selv der har oplevet alt det.

Agnes står tilbage på sporvognshellen, Elly kan se hen- des røde, runde ansigt med det kortklippede hår længe ef- ter at sporvognen er sat i gang, Agnes der aldrig ville spare sig selv hvis hun kunne hjælpe nogen, Agnes der tog livet fra oven af og nedefter.

Så forsvinder også Agnes' ansigt.

GODDAG, mit navn er Elly Petersen, jeg er den nye pige.
— I villaens entredør foran hende står en fyrreårig
kvinde i hvid kittel og ser fjendtligt på hende. Rund og
trivelig, med tykke bare arme. Hun lukker døren så meget
op at Elly lige kan passere med sin kuffert og sin attaché-
taske. Inde fra entreens mørke dyb kommer en ruhåret
foxterrier springende.

— Vær så venlig at lukke døren, — sir den tykke i kit-
len til Elly, hvorfor er kokkepiger altid sådan mod nyan-
komne kolleger, den gamle i frk. Jørgensens pensionat var
akkurat magen til.

Nå, men hun lukker døren og vandrer med op på første
sal og får vist sit værelse, der ikke er stort, men pænt, der
er tæppe på gulvet, divan, og på væggen hænger et nyde-
ligt litografi af en solnedgang og en reproduktion af et ma-
leri der forestiller en nøgen pige der springer i sjippetov
med et lagen, det er nok af en berømt maler, for ellers ville
det jo være uanstændigt. Vinduet vender til haven, og lige
udenfor er der et rønnebærtræ hvis kviste rører ved ru-
den. Der er indbygget klædeskab, men hverken servante
eller vandkumme.

Hun pakker straks ud og er glad og let i sjælen. Og lidt
benovet over at dette pæne værelse er hendes værelse, det
er noget andet end pensionatet. Og end Knabrostræde og
kolonihaven og baggården i Dannebrogsgade. En ny og
lys verden. — Og der er også skabe under vinduet, hvor
hun kan ha sit fodtøj og sådan noget. Og en lille natlampe
på bordet ved sengen, så hun kan ligge ned og slukke.

Livet blir bedre efterhånden som man vokser til. Det
meste af sin barndom har hun sovet på en sofa i en spi-
sestue, og nu har hun et værelse med udsigt over en have

og et rønnebærtræ der dasker sine kviste mod ruden så såre vinden bevæger det lidt. Hvorfor mon folk altid sir at barndommen var den lykkeligste tid, mon det bare er hende der synes at livet blir bedre, jo ældre man blir. Eller mon folk bare husker dårligt. Hun har tilbragt sin barndom med at slæbe på små søskende og passe sin skolegang, sine lektier og en eftermiddagsplads, hun har aldrig selv måttet bestemme hvornår hun ville gå i seng, hun har ikke engang måttet bestemme hvordan hun ville sidde på en stol, hvordan er det dog du sidder Elly, det var de voksne der ejede verden og det gjaldt om ikke at komme på tværs af deres særheder og deres dårlige lune. Dette værelse er hendes, og selv om hun kun er pige her i huset, kan ingen komme herind uden at banke på døren og vente på at hun siger kom ind. Hun står og ser på den lille lampe der kan slukkes fra sengen, og det går pludselig op for hende at hun har erobret et nyt område af verden for sig selv. Når hun har fri fra sit arbejde, er hun sin egen herre og kan sidde på en stol som hun vil. Ingen har noget at skulle ha sagt over hende, undtagen hvad hendes arbejde angår. Og det med arbejdet gælder jo alle mennesker. Der står en stol og hun kan sætte sig i den som det passer hende. Selv om kokkepigen var herinde kunne hun sætte sig i den som det passede hende. Hun kan sidde med tæerne indad og støtte albuerne mod knæene og støtte hodet i hænderne uden at høre den kendte sætning: Hvordan er det dog du sidder, Elly.

Hun sætter sig i stolen, og af bare trodsig demonstrationstrang trækker hun benene op under sig og folder armene om knæene. Dette er hendes værelse og det kan måle sig med det bagerens Ida havde i Frederikshavn.

OG hvis ikke gadehandlerens kone netop i dette øjeblik sad på et politikontor og forklarede hvorpå hun støttede sin anklage, at Elly Petersen havde frastjålet hende en halvtredskroneseddel og et armbåndsur som hun havde haft liggende i kommodens nederste skuffe, ville enhver tråd til Ellys første, hårde måneder i København være klippet over, og hun ville for den sags skyld ha kunnet bilde sig ind at det var i går hun kom fra Frederikshavn. Men der sker stadig ting omkring et menneske som det er uden kendskab til og som pludselig og overraskende kan gribe ind i dets tilværelse, ens medmennesker er ikke statister i en række pæne tableauer, men aktive deltagere der hver slås for sit med de midler deres muligheder anviser dem. Og en gadehandlers kone der er lukket ude fra sit hjem, vil anvende de midler hendes muligheder og hendes moral anviser hende. Hun sidder der og dikterer til en rapport, en ubetydelig detalje i storbyens larmende hverdag, en ener blandt junglens ottehundredetusinde væsner. Det er en junidag i København, en almindelig junidag, en fredelig hverdag hen under aften, hvor strømme af cyklister glider hjem fra arbejde, hvor mænd i røde jakker er ude på sidste brevombæring og en flok duer kredser over Rådhushaven.

Og et sted ude i byens periferi står Elly i et pigeværelsevindue og ser ud i en have og er drømmende og lykkelig over den nye tilværelse der er ved at åbne sig for hende.

NIENDE KAPITEL

O G så er det en almindelig hverdag i juni. En almindelig, guddommelig, handlingsmættet hverdag med tingene i skred og udvikling, en kogende gryde af foretagsomhed og myrderi og selvopholdelsesdrift, en klodeomspændende slagmark fra sol står op til den går ned, en almindelig hverdag med had og sult og drift og kærlighed der pisker alt levende til handling, dybt under jordens overflade hamrer pneumatiske bor, højt over skylag og bjergtinder maler flyvemaskinepropeller den tynde luft, alt levende på kloden er i dirrende aktivitet under solens stråler, men højere end fugle og insekter glider mennesket på sine metalvinger i den blå luft, og dybere end ormene raser og hamrer det i mørke, kilometerlange gange under klodens overflade, i vanddråben og under græstotten myldrer livet, i havets dybder myldrer det, i luften og i jorden myldrer det, det knager af vækst og stønner i afmægtighed og raller i dødskamp, det lever og myrder og æder og formerer sig på overfladen af denne klodeært der sejler sin afstukne bane i det evige univers. En almindelig hverdag med livsudfoldelse og mord og sult. En brølende og frådende livskamp er hverdagens musik, urskovens tusinde lyde, hyænernes gøen, tigerens brøl, maskingeværets knitren, musens pib og kanoners torden og bombers hylen og menneskefødders klapren over stenbroen, gennem et brus af lyde skrider hverdagens timer frem, brølet fra uendelige kvæghjorde i den argentinske pampas, brølet fra Chicagos svineslagterier, brølet fra slagmarker og bomberamte byer.

Det var altid hverdagens musik, men brølet var aldrig så højt som i dag. Det er hverdagens musik overalt, men brølet er højest, hvor mennesker færdes.

I brølet er der nuancer, fødder går over et gulv i et stille laboratorium, nyfødtes spæde skrig blander sig i koncerten, et menneske ånder anspændt foran et mikroskop, den syngende lyd af en murers ske trænger igennem, en gravemaskine æder en ny kanal gennem en frossen tundra, ekspeditioner trænger gennem ødemarker, olieborene synger, plovene synger, spinkle lyde i brølet af en verden der fødes, en stille sang bag brølet af død og ødelæggelse, en sang om menneskeheden der famler sig op af mørket, en spinkel tone i ouverturen der siger at nuet er fortid og tegner et drømmebillede af det som kommer, en håbets lyse tone i mørket: Verden er ung.

Ien villahave fløjter en stær og sommervinden drysser frugttræernes blomster over græsplænen, en almindelig junihverdag med flyvende tennisbolde og blå dyner lagt til soling på verandaen, et fløjtende urtekræmmerbud på en vej et sted i nærheden og en sekstenårig pige der pudser sølvtøj i et åbentstående køkkenvindue.

Når De er færdig med at pudse, må vi se at få hængt det tøj i dragtposer, — sir kokkepigen. — Og så har den unge herre bedt om at få sin cykel pudset. — Javel, — sir Elly. Og hun sir det på en måde der fortæller at hun er en pige der aldrig har været ked af at ta fat. Hun tar godt og solidt på sølvtøjet, det går fra hånden, og gennem det åbne vindue falder solen i en bred stribe og blinker i de nypudsede sager og glitrer i hendes pur af lyst hår. Hun trives godt her, er endda blevet en smule solbrændt på kinderne og de bare arme af at gå og luge i haven, det er flinke mennesker, direktøren tar hende under hagen og sir nå *Elly* når han kommer hjem om aftnen og hun tar mod hans gabardinefrakke, i begyndelsen sagde han nå *Astrid* indtil det gik op for ham at de havde fået ny pige. Han sir nå Elly for at være venlig og fordi han ikke ved hvad han ellers skal sige. Han er en rar mand og han er altid træt, Elly er sikker på at hvis han mødte hende ude på vejen, ville han ikke kunne kende hende.

Det er flinke mennesker, fruen er også flink, men hun har det ikke let og er næsten altid nedtrykt og i dårligt humør, hun står som regel først op hen ad middag og lider af søvnløshed, hun lar kokkepigen regere og blander sig som regel kun i sagerne når de har forretningsmiddage. Hvad de for resten har temmelig tit. Elly har ondt af hende fordi hun altid har migræne, der vist er en slags finere hovedpine. Hun er forfærdelig rar og har foræret Elly to par sorte strømper, som hun ikke længere selv bruger. Sønnen og datteren er flinke på hver sin måde, datteren hedder Lene og er skiftevis kommanderende og skiftevis hjertens veninde, skiftevis lille pige der nok gad vide hvad hun skulle gøre hvis hun ikke havde Elly, og skiftevis et fjernt væsen i en anden verden, — alt sammen som det nu passer hende bedst i øjeblikket. Sønnen hedder Leif og er hendes bedste kammerat, der er fortrolighed mellem dem, det har der været fra den første dag, når der er andre til stede mærker man det ikke, men når de er alene, snakker han med hende om alt muligt. Elly trives godt her, beundrer dem og holder af dem, fra den første dag har hun følt sig hjemme her. Mere end noget andet sted hun tidligere har levet. Ja for den sags skyld måske mere end hjemme i Bangsbo Strand.

O G havde det ikke været for de to politimennesker der netop nu kom gående ude på villavejen med et stykke papir i lommen der står Elly Petersen på, ville solskinsbilledet ha været fuldkomment. De drejer om hjørnet nede ved den gule villa, og da selv unge, ærgerrige betjente i opdagelsespolitiet har forårsfornemmelser en sådan junidag, går den ene og river små lysegrønne blade af tjørnehækken, mens den anden går og kigger efter husnumrene og føler det rart at være blevet sendt herud i guds klare solskin efter noget så bekvemt og tiltalende som en sekstenårig pige med lyst hår og blå øjne.

Da de ringer på klokken, tier solsorten i hyldebusken og Elly hopper ned fra køkkenbordet.

Et minut senere er hendes verden ramlet i grus. Følge med? spør hun. Jamen hvad er der da i vejen? Hun er fuldkommen slået ud og begynder allerede at løse forklædet op og ved hverken ud eller ind. Men selvfølgelig kan de ikke indlade sig på nogen forklaring, hun må sige til fruen at hun blir nødt til at gå, og så må hun ta sin hat og sit overstykke, der er ikke noget at gøre ved det.

Hendes hode arbejder fortvivlet. Endnu har ingen set de to betjente, hun sir et øjeblik, og løber ovenpå, fruen ligger i sengen endnu, hun banker på døren og sir at det er hende og om hun må få fri en timestid. Og fruen der ligger og læser, løfter dårligt nok øjnene fra bogen da hun sir ja.

Et par minutter efter er Elly på vej til politistationen med sin eskorte.

Hun er fortumlet og får ingen svar på sine spørgsmål. Folkeregistret er i orden, så det kan det ikke være. Der er det med sygekassen, men det tar man vel ikke folk for.

På stationen blir det opklaret. Det er gadehandlerens kone, det er fru Frederiksen der anklager hende for at ha taget nogle ting. Elly er lettet. Hun forklarer ligefremt om sit arbejde hos gadehandleren og om hans kone der kom på besøg for at gøre det godt igen. Hun forklarer også at fru Frederiksen afskedigede hende, men at hr. Frederiksen annullerede afskedigelsen. Det blir altsammen skrevet ned i en rapport, Elly er rolig og nærer ikke tvivl om at politiet vil kunne indse hvordan den historie hænger sammen, hun sidder og ser på politimanden der skriver på maskine med to fingre, han ser ud til at ha været ved landvæsenet indtil for nylig, hans hænder er velplejede men grove og tykke, han er i det hele taget grov og tung i det og ser mere ud til at høre hjemme på en mark eller i en skov end her i det trange kontor hvor han sidder og prikker uvant med to tykke fingre på en skrivemaskine.

Og det lader virkelig til at politiet heller ikke opfatter hende som skyldig, for da rapporten er læst højt for hende og hun har sat sit navn under, får hun lov til at gå.

På vejen hjem er hun nervøs for at de er blevet klar over at hun har været hos politiet. Nogen kan ha set de to mænd, eller måske politiet direkte har talt med fruen, måske de har haft en mand oppe at se hendes værelse igennem mens hun har været væk.

Da hun drejer ind på villavejen møder hun datteren der er på vej hjem fra tennisbanen. Dav med dig Elly, — sir hun og er kåd og kammeratlig, stikker sin arm ind under hendes, hænger boldposen om halsen på hende og sir at den er vel nok skrap, mens en anden en slider i det med lektier og tennis, drysser Elly bare om på villavejene og nyder livet.

Ja, det skal nok passe, — svarer Elly og kommer til at le. Når man har været i stærk spænding, er det befriende at komme til at le, hun ler heftigt og lar al det voksne glide af sig som en grå dragt der er for stor, hun blir kåd og overstadig, tar Lene om livet og svinger hende en gang rundt, og blir så pludselig fornuftig igen, standser op og står der med røde kinder og skinnende øjne og smilehuller og små pæne tænder, al det som er hende og som man aldrig ser til daglig.

Sådan har Lene aldrig set hende før, og det er måske derfor hun pludselig purrer rundt i Ellys lyse hår og gir hende et kys og kalder hende sin veninde. Lene er lidt mindre end Elly, hun er mørkhåret og lidt bleg og lidt sart, hun er lunefuld og kan skifte humør på et sekund.

Da de når havelågen, er de blevet hjerteveninder. De kommer gående med hinanden under armen og er bare to unge jævnaldrende piger. Da de nede på havegangen møder postbudet, puffer Lene i kådhed Elly ind på ham. Elly sir undskyld og blir rød i hodet, og da posten er gået videre, falder hun tilbage i sin gamle tone og sir: Jamen frøken Lene dog.

Frøken Lene — vrænger den unge pige. — Frøken Lene mig her og frøken Lene mig der, — sig Lene.

Da de kommer ind, blir Elly hurtigt klar over at ingen har mærket noget til det med politiet. Fruen er ved at gøre sig i stand og kokkepigen står i gården og er ved at pudse Leifs cykel. Jamen det skulle jeg jo nok gøre, — sir Elly. Men kokkepigen pudser hårdnakket og bistert videre, hun er martyr og nyder at være det. Elly vil sagtmodigt ta kluden fra hende, men hun river den til sig med et ryk, hun vil ha så meget ud af situationen som muligt og sir noget om at cyklen kan ikke stå der hele dagen når den unge herre har bedt om at få den pudset.

Nå, men så går jeg op og gør sølvtøjet færdigt, — sir Elly spagfærdigt.

Det har jeg ordnet, — vrisser kokkepigen uden at se op; hun gnubber på den arme cykel, og det begynder at gå op for Elly at cyklen har været færdig for længe siden, men at hun med vilje har trukket det ud, så hun kunne være midt i pudseriet, når Elly kom hjem.

Idet samme stikker Lene hodet ud ad vinduet oppe på første og pister ad Elly.

Jeg går op på første, — sir Elly til kokkepigen, — Lene kalder på mig. —

Men dette blir alligevel kokkepigen for meget, hun rejser sig med et sæt og kan ikke længere skjule sit had og sin ophidselse: Hvad er det De siger, tror De De er på landet eller hjemme hos Dem selv; Lene! Det hedder Frøken Lene.

Nå ja, sir Elly forskrækket, — så frøken Lene da. Men frøken Lene har bedt mig om at sige Lene.

Å, det er aldeles for meget for en kokkepige der har været tolv år i et hjem og har prioritet på herskabets fortrolighed og familiaritet: Overfor mig vil jeg bede Dem om at sige frøken Lene. Hun er formel og konventionel, ved af erfaring at det kan sætte skræk i folk at man taler til dem i en udsøgt og iskold tone. Her kommer sådan et pigebarn og slesker sig ind, optræder som veninde med datteren, fjaser med sønnen og går spadseretur midt på formiddagen, mens en anden går og slider for at holde det gående. Slider på tolvte år. Men man kan selvfølgelig sige op, så kan det være de opdagede hvem det var der bestilte noget her i huset.

Elly er allerede på vej op ad trappen. Døren til Lenes værelse står på klem, Elly rør med knoerne ved døren og sir: det er mig, — og blir stående.

Jamen så kom dog ind, menneske, — råber Lene, og da Elly åbner døren og træder ind i værelset, der er blændende oplyst af solskin, står den unge dame der midt i stuen splitternøgen og roder med en masse tøj som hun har slæbt frem af skuffer og skabe. — Se her, — sir hun uden at vende sig om, — jeg har fået en sjov idé: du skal prøve mit tøj, så jeg kan se hvordan jeg ser ud. — Og hun lægger sig på knæ midt i tøjroderiet og finder tennisbuskerne og trøjen frem og hiver dem over på sengen: Dér, prøv først dem.

Jamen, — sir Elly og er overrumplet og rød i øreflipperne og kan ikke komme på bølgelængde med situationen.

— Jeg har vist ikke tid, — sir hun så, — der er noget af fruens tøj jeg skulle hænge i dragtposer.

Å, sludder, — sir Lene, — det kan Jørgensen gøre. — Jørgensen er kokkepigen.

Og da Elly stadig står der lige ret op og ned, vender hun sig pludselig om og sir: La nu vær å vær kedelig, skynd dig nu.

Men Elly blir bare mer og mer forlegen og mærkelig, lidt underligt er det også at Lene sådan springer nøgen omkring lige for øjnene af hende uden at genere sig. Elly står der i sin sorte kjole med den lille hvide krave, hun har stuepigekappe på og sorte strømper, lige overfor Lene plejer hun at være den sikre, den lidt voksne, den der kan ta på tingene og være lidt overbærende over Lenes kejtethed overfor alt hvad man bruger hænder til, men dette her kommer på tværs af alt, end ikke overfor sine søskende har hun nogensinde vist sig afklædt.

— Hør, hva går der af dig, — sir Lene utålmodig og gir sig til at se lige på hende.

Nåe, — sir Elly og prøver på at redde sig, — jeg står bare og tænker på om du ikke skulle ta noget på. Eller badekåben?

Hvorfor dog det, — svarer Lene uskyldigt, — her er jo ikke det fjerneste koldt. Men skynd dig nu lidt.

Elly opgir al modstand og gir sig til at klæde sig af.

Lene ser misfornøjet på hendes undertøj. Og da Elly med en holdning som en der fryser, rækker ud efter tennistøjet, sir hun: Hov nej, du kan ikke ha det der under tennistøjet, her, ta det her på. — Og hun ryger hen til en skuffe og haler noget frem.

Lidt efter sir hun, hvor er du pæn, bare jeg havde de skuldre og de arme og sådan noget, og da Elly med febrilsk hurtighed har reddet sig i tennistøjet, blir hun begejstret og sir: Hvor ser du egentlig storartet ud. — Men du må ligesom rette dig mere op.

Og af en eller anden grund er Elly lige ved at komme til at græde. Hun har aldrig kunnet li at nogen så på hende og nu står den nøgne pige der midt på gulvet og betragter hende sagligt og vurderende i en påklædning, der føles fremmed og afslørende.

I det samme tar et vindpust fat i et silketørklæde der ligger i vindueskarmen, de ser det begge og styrter til vinduet, men inden de når det, har vinden ført det med sig, det flagrer i en lang bue ud over haven, løftes påny helt op over rønnebærtræernes toppe og daler ned på vejen.

Skynd dig ned og hent det inden det blir hugget, — kommanderer Lene.

Jamen, jeg kan da ikke gå ned sådan her, — stammer Elly og ser ned ad sig, de lange nøgne ben i nogle små korte bukser.

Sikke noget vrøvl, — håner Lene hende. — Vil du da ha at jeg skal løbe ned sådan her. Skynd dig nu inden nogen tar det. —

Så går Elly ned. Det føles mærkværdigt at gå ned ad trappen uden at ha andet på end et par små, korte bukser og en tynd trøje; da hun går forbi det store spejl i entreen, får hun et helt chok og ber til vorherre at Jørgensen ikke får hende at se sådan. Hun tar en heptonette der hænger i entreen, om sig og løber gennem haven og ud på vejen. Tørklædet er ikke til at se, hun løber hen om hjørnet og ser at det ligger et godt stykke nede ad sidevejen. Hvor føles det dog besynderligt at løbe her med heptonetten slaskende om sig, det føles som om den er alt for stor, og det føles som om hun er nøgen inden i den. Hun sætter af sted i lange hop for at få en ende på det hurtigst muligt, snupper tørklædet og farer tilbage som en hvirvelvind. Da hun smækker entredøren bag sig, trækker hun et lettelsens suk, tar heptonetten af og er på vej op ad trappen, da hun pludselig hører fruens stemme inde fra herreværelset: Er det Dem, Elly.

Hun standser der midt på trappen og svarer overrumplet og lavmælt ja.

— Kom lige et øjeblik, — råber fruen.

— Ja, — svarer Elly, — jeg skal lige —, jeg kommer om et øjeblik. —

— Nej, kom nu, — lyder fruens stemme. Den lyder lidt irriteret og tåler ikke modsigelse.

Elly går nølende ned ad trappen.

— Elly! — råber fruen igen.

— Ja, her er jeg, — sir Elly og står i døren til herreværelset.

I herreværelset står fruen og Leif, og da de får øje på hende, stirrer de forbløffede og overraskede på tennispigen der i døren.

Ja, — stammer Elly og blir knaldrød i hodet: Lene ville ha jeg skulle prøve hendes tennistøj.

Gud hvor det ligner Lene, — sir fruen og er straks ovre det. Men bag fruen står Leif, og Leif er ikke ovre det. Han stirrer på hende som om han så hende for første gang i sit liv, han stirrer Elly lige i ansigtet og holder hendes øjne fast, og det går op for Elly at han ikke længere er hendes kammerat på samme måde som før, men at der er kommet noget nyt og andet imellem dem.

— Jo, det var den pels her, — sier fruen og tar en breitschwans, der ligger over en stoleryg, — jeg tror ikke, De skal hænge den i dragtpose, vi må nok hellere sende den til opbevaring, i fjor var her så mange møl at her ikke var til at være, og Lenes uldne nederdel var ikke andet end huller da vi tog den frem.

Elly tar kåben og går med den. Hun føler Leifs øjne på sig, og det dirrer i hendes underlæbe og det suser lidt for hendes ører da hun igen går op ad trappen.

Så nogle dage senere begynder de at pakke sammen for at rejse til sommerhuset i Rågeleje. Det er slet ikke så lidt, der er at ordne i den anledning. Jo mere man ejer i denne verden, des vanskeligere er det at ta på sommerferie, og et direktørhjem er et sindrigt og kompliceret apparat som det kræver omtanke og omfattende forberedelser at omplante til seks ugers ophold på Sjællands nordkyst. Et direktørhjem er mere en institution end et hjem, og hver enkelt er funktionær i denne institution, direktøren mere end nogen af de andre, han skabte den for at den skulle tjene hans interesser og han er endt med at blive en slave af den. Mere slave af den end Elly der dog ikke er dømt til galejen for livstid, der bare glæder sig til at komme på landet og aldrig skænker en tanke at hun med tiden måske får sin egen galej. Selvfølgelig tænker hun af og til på at hun med tiden får mand og barn, men hun tænker ikke på det som en galej, og det er jo heller ikke givet at det behøver at blive det. Foreløbig er det jo også bare hendes syttende sommer, og hun er havnet blandt mennesker hvor hun trives aldeles storartet, sikken et held at hun ikke lyttede efter Agnes' pessimistiske formaninger, hver dag er en oplevelse for hende, og selv om hun måske aldrig selv får en breitschwans, kan det jo aldrig skade at vide hvordan en breitschwans skal behandles. Og under alle omstændigheder har hun jo her fået en familiær stilling af en anden beskaffenhed end den familiære stilling der lokkes med i annoncerne. Direktøren sir nå Elly to gange om dagen, og hun er jo nærmest en slags veninde af Lene, siger du til hende og har været ude at køre med hende i direktørens vogn, og hvad Leif angår, er det hende selv der omhyggeligt undgår at komme på nærmere talefod med ham efter den dag han så hende i Lenes tennistøj, de er allesammen glade for hende og venlige mod hende, også fruen der jo ellers har det så vanskeligt og plages af sin evindelige hovedpine, i disse solskinsdage ligger fruen hver eftermiddag i liggestol ude på græsplænen og læser i en bog af en der hedder Huxley, og modtar somme tider damer til te, der er medlemmer af en fredsliga og har små hunde med, der ikke må få en bid i køkkenet, da de er svagelige og på diæt. Damerne selv er for øvrigt også svagelige, og når de drikker te ude i haven sørger Elly for at der er godt med plaider og puder, for sommeren er jo lumsk og man kan hurtigt redde sig en sygdom hvis man ikke passer på.

For resten er haven et vidunderligt sted, det er sommer, og bedene er strålende farvesymfonier af alle mulige slags blomster, der er en lille stenhøj med de ejendommeligste småplanter, og tjørnene ovre foran kompostbunken er et overdådigt væld af hvide blomster, og om aftenen når Elly lægger sig, står der en duft af den anden verden ind gennem det åbentstående vindue.

TIENDE KAPITEL

Så er det sommerferietid i Danmark. Hede vindstille dage med farveløs himmel og varmeflimmer over sandstrandene, sejlbåde med slappe sejl og små iskageboder med legetøjsflag og støvede cyklister i shorts og klumper af brune mennesker strøet ud rundt om på de danske strande hvor der bare er en strimmel sand og en frisk luftning ude fra havet, hede dage med Københavns to millioner vinduer smækket på vid gab, med blød asfalt og gispende arbejdere i fabrikkerne, blege børn på fælleden og overfyldte fortovsrestauranter.

Og friske dage med høj blå himmel og drivende skyer, sommerblæst og bølger der slår mod molerne, måger der står stille i vinden og skibsmaster der svajer på reden, junidage, feriedage med tusinder af vandrere på Danmarks veje og stier, tusinder af byernes skolebørn spredt ud over hele det lille land, feriekolonier i granplantagerne og mennesketomme gader i byerne. Sommerferietid. Badetid, vandretid, sejlsportstid i dette skønne land der er vort og altid vil være det, den lune vind stryger over det åbne land og leger med tøjet der er hængt til tørre, og med den blå røg fra bøndergårdenes skorstene, den er mættet med duften af kløver og timian og vild gulerod og lyng og gran, frisk og karsk stryger den over landet som et kærtegn stryger den en cyklende piges sommerbrune kind og purrer op i legende ungers solblegede hår, junidage i det flade land mellem havene.

SOMMERFERIETID og lyse nætters tid. Månen er en mat og hvid segl et sted oppe over bakkerne, fyrretræerne på brinken står som en skarp, sort silhuet mod den lyse himmel, lyngbakkerne ånder varme mod en, men sandens strand er køligt, på høfdens sten kan man sidde og høre de blide bølger slubre og pludre og klukke under sig, og når man slår i vandet med en stok lyser morilden.

Leif mener at man skulle smide tøjet og ta sig en svømmetur.

Men Elly tøver. Måske hun nok kunne ha lyst, men det er alligevel lidt for mærkeligt for hende. Særlig da de jo ingen badedragter har med.

Så bliver de siddende og hører på bølgerne der gurgler mellem stenene. Man blir aldrig træt af at høre på bølger, solvarmen sidder endnu i stenene, og det er så lyst, at man dårligt kan se fyrene fra Hesselø og Kullen der ustandselig tændes og slukkes, stjernerne er blege, og det er så stille at man kan høre nogen pumpe vand ved et hus et eller andet sted inde i fiskerlejet.

Men derfor kan De jo godt selv ta en svømmetur, — sir hun noget efter.

Han er en stille og rar fyr, der læser til læge. — Blir De siddende her så længe, — spør han.

Og som hun sidder der på høfdens sten, går det op for hende at det egentlig først er nu hendes tilværelse begynder at få farve, ikke sådan at hun sidder og grubler, men hun fyldes simpelt hen af en følelse af at være til, en følelse af at det er godt at være til. Hun har en vag fornemmelse af at hendes barndom vist ikke har været særlig morsom, man taler jo ellers altid så meget om barndommens lykkelige tid, så hun er jo nok blevet snydt for noget, hun er nok en af de uheldige undtagelser. Hvis det med den lykkelige barndom da ikke er noget som de voksne går og bilder sig ind når de ser børn lege, og misunder dem at de får mad

121

og husly uden at ha ansvar og pligter. Men i hvert fald har de riges børn vel en lykkelig barndom. Leif og Lene har sikkert haft det. Nu ligger Leif derude som en lys plet i det mørke vand, han har sikkert haft det lykkeligt som barn, så fri og frisk som han altid er. Han svømmer et godt stykke ud, går i land helt oppe ved næste høfde og kommer springende i lange sæt hen ad stranden. Lange spændstige sæt som man jo gør når man har publikum.

Lidt efter har han fået tøjet på og kommer ud og sætter sig ved siden af hende. Hans hår driver af vand, og han ryster af kulde. Da hun tar hans hånd og sir at den er jo iskold, kommer hans tænder til at klapre. Og til trods for at han gør sig alle mulige anstrengelser for at la være, klaprer de som bare pokker og han kan ikke få et ord frem. Hun rykker sig tæt ind til ham for at gi ham noget af sin varme og sir at det er forfærdeligt at høre på og at nu må han ta og holde op med det. Og da det ikke hjælper, lægger hun sin varme hånd på hans mund. Det hjælper. Han lægger sin arm om hende og trykker hende fast ind til sig. Hendes varme gir ham liv, han holder op at sitre. Da han kysser hende, blir de begge lidt mærkelig tilpas og sidder længe uden at sige noget.

Lad os gå op på kroen og få noget varmt, — sir han, hans stemme er dirrende og hæs, og da hun tar hans hånd for at rejse sig op, mærker hun at han er begyndt at ryste igen.

SÅ går de op på kroen og drikker te, og det de føler sig tilskyndet til at sige til hinanden, forbliver usagt. Det er en almindelig aften, der er næsten ingen mennesker på kroen, der går et par stykker inde i det lille værelse og spiller billard. De får krokonen til at spille en grammofonplade for at få lidt støj. Somme tider trænger man til støj. Heller ikke på vejen hjem gennem granplantagen siger de noget til hinanden om det de føler sig tilskyndet til at tale om. Hver gang han kommer i nærheden af det, er der noget der holder ham tilbage. Og det hun ville ha sagt til ham hvis han havde været en ung mand hjemme fra Bangsbo Strand, er der noget der holder hende tilbage fra at sige. Måske det er det at han er sønnen i huset som det hedder og hun selv pige.

For øvrigt mærker hun ikke meget til det at hun er pige i huset, de behandler hende som en af deres egne og hun blomstrer op under disse forhold, folder sig ud og trives i veloplagthed overfor tilværelsen, hun er blevet brun og sund og har let til at le. Hun holder af dem allesammen, og hun holder af deres miljø og deres atmosfære, af deres måde at tale på og i det hele taget af alt, hvad der er dem. Og når hun ligger nede på græsset og tar solbad sammen med Lene, og fru Faber råber: Lene og Elly —, går det som en varm fornemmelse gennem hende at hun hører til her og at de regner hende som hørende til. Lene og Elly.

Men netop fordi hun føler det sådan, blir hun mere følsom overfor småting der erindrer hende om tingenes virkelige tilstand, at det ikke altid hedder Lene og Elly, men under visse omstændigheder frk. Lene og vores unge pige. Småting naturligvis, som hun overhovedet ikke ville ha bemærket hvis hun ikke havde gået og lullet sig ind i den fornemmelse at hun hørte til her.

Som nu det tilfælde med grosserer Torstenson. En formiddag hun skulle til købmanden, ville Lene med for at få turen. Lene tog Elly under armen og gik og pjattede, hun kunne jo somme tider være så mærkeligt barnlig, hun gik og snakkede babysprog, og da de nede i hulningen, dér hvor vejen er lidt fugtig og sumpet, så i hundredevis af små bitte frøer, blev hun helt kåd og ville absolut fange nogen af dem og sætte dem ud i vandpytterne for at se om de kunne svømme. Selvfølgelig kunne de svømme, de svømmede så fuldkomment og stilsikkert som svømmelærerinder, men det ved man jo fra skolen, og desuden er det meningsløst at skræmme livet af de små væsner der såmænd har nok at gøre i forvejen med at klare tilværelsen.

Sådan noget fik Elly til at føle sig voksen og forstandig, og det pudsige var at det lod til at behage Lene der understregede Ellys voksenhed ved at blive endnu mere babyagtig og selvudslettende. — Kom så, — sagde Elly, — vi må se at komme op til den købmand.

— Bare lidt endnu, — bad Lene og legede vanskeligt barn, — det er så sjovt at se dem springe.

Og Elly gik ind på legen og var den voksne og myndige, der syntes at nu kunne det være nok og tog den strenge maske på.

Sådan legede de videre, og da de kom ud på den store vej, var det at de mødte Torstensons. De gik ud i rabatten for at la en bil passere, og da den var lige ud for dem, opdagede Lene at det var Torstensons og råbte dem an. De boede oppe ved Vejby, men kørte tit ned til Rågeleje for at gå i vandet der.

Da Lene havde snakket lidt med dem, præsenterede hun Elly for dem som en veninde af sig.

— Det er min veninde, Elly Petersen —, sagde hun og Elly måtte trykke hver af dem i hånden og sige at hun syntes også der var dejligt her i Rågeleje og hvad man nu sådan skal sige.

— Hør, — siger Torstenson så, — I må komme til middag hos os, Lene. Kan du ikke foreslå det hjemme, og så kan vi jo ringe sammen om hvilken dag der passer bedst.

— Og din veninde må komme med, — tilføjer fru Torstenson. — Frk. Petersen, De vil nok gøre os den fornøjelse.

— Jo tak —, svarer Elly og er for overrumplet til at kunne forklare at hun jo er pige hos Fabers, og desuden er de allerede i gang igen, og de to piger står alene tilbage i en blå benzinsky.

— Ja det må du klare Lene, — sir Elly. — Det var dig, der bildte dem ind at jeg var din veninde.

— Jamen det er du jo, — kvidrer Lene op, — og selvfølgelig skal du med. Hvorfor i alverden skulle du ikke med når de har inviteret os. —

— Fordi de ikke ville ha inviteret mig med hvis de havde vidst at jeg var pige hos jer. —

— Å sludder, — sir Lene og spiller forbavset og forarget. — Du er helt galt afmarcheret, du er min veninde, og det er i din egenskab af min veninde at de har bedt dig med. Hvad du ellers foretar dig her i verden, kommer ikke det ved. —

D A de så havde været hos købmanden og kom hjem, fortalte Lene at de var blevet inviteret til middag hos Torstensons, og hvis fru Faber fandt noget mærkeligt i at Elly var inviteret med, kunne man i hvert fald ikke mærke det på hende.

Men om aftenen, da Faber var kommet hjem og de allesammen sad inde i stuen efter aftensmaden og fru Faber begyndte at tale om at de var inviteret til Torstensons og at Elly var inviteret med, lod det til at overraske hr. Faber. Og da han fik nøjere rede på under hvilke omstændigheder invitationen havde fundet sted, sagde han så blid og rolig som han var, at Elly selvfølgelig ikke kunne ta med, da invitationen jo givet skyldtes en misforståelse fra Torstensons side.

Men nu er Lene jo ikke den der finder sig i at der blir pillet ved hendes legetøj. — Det var ingen misforståelse, — sir hun, — jeg præsenterede Elly som min veninde.

— Nå ja, — svarer Faber, — men du ved hvor snobbede Torstensons er, og der er ingen tvivl om at de har fået et forkert billede af situationen og at det er derfor de inviterede Elly med. Det blir som jeg har sagt. —

Selvfølgelig sidder Elly og skyder underlæben frem og vil sige noget, men kan ikke komme ind uden at afbryde, osse denne gang blir hun forhindret, det er Leif, der lægger sin bog fra sig på en iøjnefaldende måde og vender sig om mod faderen: Hvad er det du sir, far? Når Torstensons har inviteret Elly med, kan du da ikke komme hjem og lave om på det, hvis Torstensons er snobbede, er det deres fejl, og det kan ikke forpligte os til osse at være det.

— Jamen naturligvis tar jeg ikke med, — sir Elly og er ulykkelig over situationen.

Men nu rejser Leif sig fra stolen som om man havde trykket på en hemmelig fjeder, han har to små røde pletter ved tindingerne, og måske er der mere bag de pletter end det sludder om Torstensons, måske det er hele hans forhold til forældrene:

Hvis Elly ikke tar med, tar jeg heller ikke med.

— Og jeg heller ikke, kvidrer Lene, der elsker sensationer og dramatik.

Nå ja, — sir Faber forbløffet, — det hele er jo ikke noget at ta så højtideligt, personlig har jeg jo ikke det fjerneste mod at Elly kommer med. Tværtimod. — Han er det rareste menneske, denne Faber, og lægger såmænd dårligt nok mærke til når de skifter pige, han lever i sin egen verden og man har aldrig set ham uden at han var lidt træt og lidt distræt, en fremmed i sit hjem og ukendt med hjemmets problemer.

Så oprinder den dag, de skal til Torstensons. Allerede om eftermiddagen får Elly igen et vink af den art der gør det af med hende og får hende til at ønske at hun aldrig var blevet bedt med til Torstensons, ja at hun overhovedet ikke havde fået plads her hos Fabers, men nu stod i gadehandler Frederiksens lille køkken i Dannebrogsgade og malede stol eller stegte frikadeller eller sådan noget.

Det var ingen verdens ting, noget helt naturligt og ligefremt: der skete bare det at Lene sagde til hende at hun ville låne hende sin blå kjole at ta på i aften.

Det var en venlighed og naturligt kammeratskab, og Elly svarede lige så ligefremt, at det var ikke nødvendigt, hun havde sin sorte kjole med herop på landet, så hun kunne ta den på.

Nej, ved du hvad, — sir Lene, — det er da ikke din mening at du vil ta den kedelige tingest på. — Men hvis du ikke bryder dig om den blå, kan du jo låne min buksedragt, jeg er sikker på at du vil se vidunderlig ud med den på og den hvide bluse med nedfaldskraven.

Nej, — sir Elly, — er du da rent skør; jeg skulle møde op der med lange bukser på?

— Nå, man ka da høre du er fra Bangsbo Strand, — siger Lene og udtaler ordene på hjemmelavet jysk.

Det er fjollet at Elly føler sig ramt. Det er ikke det at Lene snakker jysk, det er noget andet. Elly blir varm i kinderne og er på hastigt tilbagetog: Du skal jo selv ha buksedragten på.

Nå, — deklamerer Lene, — du mener nok at jeg kan møde op der med lange bukser på?

— Ja, det er da osse noget andet, — svarer Elly tankeløst, hun er uvant med at duellere og blotter sig den ene gang efter den anden.

Nå, — der slap det ud, — afslutter Lene og er skam ikke længere vanskeligt barn, men verdensklog og irettesættende. — Men nu vil jeg ikke høre mere vrøvl, du tar den blå på og jeg møder altså op med de lange bukser. Selvom min ende er alt for stor til lange bukser. —

Og så går hun. Henne i døren vender hun sig om og sir

kælent til Elly: Dumme svin. — For at glatte ud.
Joe, tænker Elly, det er nu rigtigt nok at det er noget
helt andet hvis det er Lene der møder op med lange buk-
ser på. Det har ikke noget at gøre med hvor stor ens ende
er, det er noget andet. Det er noget med at det ikke altid
hedder Lene og Elly, men frk. Lene og vores unge pige.

NEJ, nu må hun vist til at ta sig lidt sammen.
Hun går og er ved at blive overfølsom med det
pjat. Desuden er hun jo ung pige i huset og ikke kusine på
besøg eller selskabsdame eller skolekammerat fra Helle-
rup eller hvad det nu kan være hun går og bilder sig ind.
For øvrigt er det ikke det, for hun er jo netop ikke ked
af at hun er ung pige i huset eller føler sig for god til at
være det. Og det er heller ikke noget med Fabers, for de
er jo så rare overfor hende og hun er veninde med Lene
og hver aften går hun og Leif tur langs stranden og han er
nøjagtig overfor hende som hvis hun var kusine på besøg
eller skolekammerat til Lene. Men hvad er det da? Hvorfor
varmer det hende når der blir sagt Lene og Elly, og stikker
hende når der blir sagt vores unge pige. Måske er det fordi
hun trives så godt i detteher og jo ved at hun ikke kan blive
her altid. Eller kan hun? Mente Leif noget videre med at
gå ture med hende? Var det derfor han var blevet så hidsig
den aften de drøftede om hun skulle med til Torstensons
eller ej. Eller var det bare det at han blev rasende over det
han kaldte fordomme og pjat. Og nu skal hun altså med til
Torstensons og ville ønske at hun var langt herfra. Nu skal
hun med til Torstensons og prøve at være ligesom Lene
og Lenes veninder. Og det var derfor det overhodet hav-
de noget at sige at hun selv var af den opfattelse at Lene
sagtens kunne møde op med lange bukser på, men at hun
ikke selv kunne. Men det var noget sludder og noget non-
sens, og hun ville ikke spekulere over det, det var noget

hun selv gik og lavede det til, og Lene havde fuldkommen ret i at drille hende med det.

D<small>A</small> de kom over til Torstensons viste det sig at huset var fuldt af gæster. Der var en lille, mørkhåret stuepige der lukkede dem ind og hjalp hr. Faber af med gabardinefrakken, og som viste dem ud på verandaen hvor der var mindst en halv snes mennesker som Elly blev præsenteret for. Fru Torstenson gik med hende fra den ene gruppe til den anden, og hun opfattede ikke et eneste af navnene, og det var underligt ustandseligt at høre fru Torstenson sige *frk. Petersen.*

Så kom der en anden stuepige med cocktails, de havde altså to stuepiger, og da hun kom og bød Elly, følte Elly sig mærkværdigt til mode og blev varm i øreflipperne og syntes hun var i en fjollet situation at hun stod her og lod sig opvarte. Og måske havde Lene opfattet det siden hun kom hen og stillede sig ved siden af hende, og Elly var hende taknemmelig for det og havde egentlig mest lyst til at rende fra det hele.

Men da de skulle til bords, blev de skilt ad og Elly måtte gi sig sin skæbne i vold. Hun kom til at sidde ved siden af den unge Torstenson, der hed Søren og læste til læge. Han var af den type som piger ønsker at ha til bror. Det var første gang i sit liv Elly indtog et måltid på den specielle måde, og selv om hun jo nok kendte til det fra de gange hun havde serveret ved selskaber hos Fabers, var det jo alligevel noget helt andet nu hun selv sad til bords, hun var nervøs for at gøre noget forkert og skottede til de andre for at kontrollere at hun bar sig rigtigt ad. Men det ubehageligste var en frysende fornemmelse af, at den unge Torstenson skulle gi sig til at spørge hende ud. Og da han virkelig et øjeblik senere sagde noget til hende, var hun lige ved at tabe gaflen.

— Joe, — svarede hun, — vi har været i vandet hver eneste dag, vi går i vandet hver morgen lige meget hvordan vejret er. —

— Hvor længe hun ville blive i Rågeleje? — Nu nærmede det sig, hvad i alverden skulle hun svare når han spurgte hende hvad hun var. — Jae, svarede hun, — vi skal vist nok blive heroppe til slutningen af juli.

— Hvem er *vi?* —

— Fabers, — svarede hun.

— Nå, De bor hos Fabers? —

— Ja, det gør jeg rigtignok, — svarede hun frimodigt, lige så godt springe i det som krybe i det, — jeg er husassistent hos Fabers. —

Men enten må han ha en vældig øvelse i ikke at vise hvad han tænker, eller også kan han ikke se noget overraskende i det. — Nå, sir han, — De er heldig, Fabers er de flinkeste mennesker jeg kender.

Og da hun ikke svarer, tilføjer han at han er ven med Leif, og at de har gået i samme skole, og han kaster sig ud i at fortælle en historie fra skoledagene som Elly hverken hører det hele eller det halve af.

Og som hun sidder der, Elly, og stikker til sin mad og både ser og hører som gennem flimmer og er skidt til mode, er hun ikke længere den samme frejdige og ligefremme pige, der er noget fortrykt over hende og hun sidder og lytter efter om der ikke skulle være noget i unge Torstensons tonefald der røber nedladenhed. Disse skolehistorier sidder han vel kun og fortæller for at dække over situationen. Hvad var det Agnes havde sagt da hun tog den plads hos Fabers? Det var noget med hvad hun ville sådan et sted, hvad hun lærte af det. Og noget med at hun skulle blive hos gadehandler Frederiksen hvor hun lærte at føre husholdning for to mennesker der var nødt til at se på hvad det kostede; hvor hun lærte det hun ville få brug for i sin egen tilværelse.

Da de har spist, går hele selskabet ned i haven hvor der blir serveret kaffe. Og som hun står der med sin kaffekop i hænderne, føler hun sig underligt udenfor det hele. Selskabet har sluttet sig sammen i smågrupper, men hun står for sig selv og rører i sin kaffekop og føler sig som en fremmed der har trængt sig ind et sted hvor hun ikke har noget at gøre.

Pludselig står Leif ved siden af hende. — Nå, — sir han muntert, — her står du og gemmer dig, — men da han ser hendes ansigtsudtryk, blir han overrasket og alvorlig: Er du i dårligt humør?

Og da han gentar spørsmålet, svarer hun langsomt at ja det er hun vistnok, og lidt efter sir hun at hun skulle nok ikke være taget med herover.

Han står og ser på hende. Så sir han varmt: Elly, der er noget jeg vil tale med dig om. Sæt din kop, så stikker vi af herfra og går en tur ned langs banelinjen, der er ikke en kat der vil opdage at vi er væk.

Hun sætter koppen, og de går ned gennem haven og ud gennem den lille låge. De går ad en sti tværs over en mark op til banedæmningen. Luften er stille og fuld af dufte, det er lige ved solnedgang, stemmerne fra selskabet i Torstensons have blir svagere og svagere. Han tar hende i hånden, og da de kommer ned til banelinjen, ligger hele landskabet udbredt for dem. Ovre i vest er himlen rød, skyerne synes at samle sig omkring solen der står stor og rød og rund i horisonten og kaster et varmt skær over markerne og den lille stationsby og får vinduerne i købmandsforretningen til at lyse som rødt guld.

ELVTE KAPITEL

DET er ved at trække op til en afgørende fase i Ellys tilværelse, hun står i en villahave i Hellerup og er ved at tørre havemøbler af efter en regnbyge, det er blevet almindelig hverdag igen, familien Faber er flyttet tilbage til byen og den daglige, velordnede og skematiske tilværelse, hele den daglige trummerum der var ny for hende da hun tiltrådte pladsen, men nu er gammelkendt, vanemæssig og uden overraskelser. Hun går tur med hunden, hun gør værelser i stand, hun serverer te for fru Faber og fru Fabers veninder der diskuterer fredsbevægelse, sygdomme og Huxley og tøj og mad, og hun hjælper hr. Faber af med gabardinefrakken når han kommer fra kontoret, og hr. Faber sir nå Elly og smiler høfligt og distræt, og Elly er sikker på at han stadig ikke vil kunne kende hende hvis han mødte hende på gaden, og hun forestiller sig at hvis hun rejser herfra, vil der gå et stykke tid inden han vænner sig af med at sige nå Elly og lærer at sige nå Ester eller nå Petra eller hvad nu hendes efterfølger kommer til at hedde. Dagene går skematiske og velordnede som et urværk, så er det solskin og markisen over verandaen skal rulles ud og rullegardinerne trækkes ned i herreværelset, så blir det regnvejr og det gælder om at redde alt ind fra haven og fra tørresnorene i gården, og så blir det tørrevejr igen og som en automat tar man kluden der hænger under vasken, og går ud for at tørre havemøblerne af.

Det er hverdag og det er Hellerup og vejret skifter og

ugens dage følger hinanden, Leif og Lene passer deres skole, og kokkepigen er tvær og har tilbragt sin sommerferie hos familien i Roskilde og er surere end nogen sinde. Og Elly tørrer sine havemøbler og det hele er almindeligt og ligegyldigt.

OG som hun står der og vrider kluden og med armen blir ved at stryge den hårlok tilbage der ustandselig dasker hende ned i ansigtet, er det ikke til at se på hende at der er noget i hendes tilværelse der er ved at tilspidse sig, og som en dag pludselig vil bryde ud i en handling. Når man ser mennesker, som de går der i deres daglige trummerum, er det ikke til at se på dem at de hver for sig spiller hovedrollen i et drama eller et lystspil, livet tar sig ikke så kompliceret ud, de går der og tørrer deres havemøbler og pudser deres næser, de går til og fra kontorer og skoler, de går i seng og de står op igen, de indtar deres måltider og forelsker sig lidt i ny og næ, og det hele ser meget ligefremt ud, og i den hverdagslige trummerum er det ikke til at tænke sig at der skulle komme noget drama ud af det. Men som de går der rundt mellem hinanden og passer deres ting, pusler det i hjernerne, og idé og erkendelse krydser hinanden og farver hinanden, opfattelser former sig og beslutninger modnes og en dag slår det ud i en handling, de slår til eller de gir op i en pludselig åbenlys handling i modstrid med sædvane og trummerum.

Det er ved at tilspidse sig for hende. Måske har hun nok en fornemmelse af at hvis hun lod være med at spekulere over tingene, ville der ingen problemer være, hvilke skulle der være, hun får sin søvn og hun får sin mad og solen skinner på hende som på alt andet i naturen, og en dag vil en mand forelske sig i hende, og hvis hun også forelsker sig i ham, vil de blive gift og få børn hvis da ikke fordomme eller konjunkturer eller andre fænomener stiller sig i vejen. Og kommer der ingen mand og forelsker sig i hende eller hun ikke forelsker sig i nogen, blir hun altså ikke gift og så er den ikke længere. Medmindre hun blir gift alligevel. Og får børn alligevel. Det ville alt sammen ikke være problemer hvis hun ikke spekulerede over tingene og havde en underlig vag fornemmelse af at hun ville noget med sit liv, det ene liv hun har.

OG hvis hun ikke havde befundet sig så knagende godt hos Fabers, og hvis hun ikke havde syntes så godt om de mennesker, og hvis ikke Lene havde været kammerat og veninde med hende, og hvis ikke Leif havde sagt netop sådan nogle ting til hende som den aften på banedæmningen, var hun måske ikke kommet i vildrede med sig selv, så havde hun bare passet sit job og været glad over at det var en nem og en rar plads. Eller måske hun som Agnes havde syntes at Fabers var lidt pudsige og lidt ligegyldige og at hun bare gik og spildte sin tid her i stedet for at ha en plads som den hos gadehandler Frederiksen hvor hun lærte netop det hun havde brug for, og ikke ligegyldige ting om livet på en levefod der ikke var hendes, i et miljø der ikke var hendes. Er det ikke vigtigere at kunne købe ind til to mennesker end at vide at der skal serveres fra venstre.

Men Lene er hendes veninde, og der er noget foruroligende ved Leif, og hun er forelsket i deres miljø og i deres måde at tale på, og måske kan hun føre den kamp igennem at blive som dem og gøre det miljø til sit. Men siden de kom tilbage fra landet er det som hun har tabt terræn, i Rågeleje var hun mere som en af familien, hun gik i vandet med Lene og hun gik tur med Leif, og Lene præsenterede hende som sin veninde, og Leif sagde foruroligende ting til hende når de sad et eller andet smukt sted og så på at solen gik ned, her i Hellerup har de fået deres gamle interesser og omgangskreds tilbage og hun er ligesom gledet i baggrunden. Måske det er hendes egen skyld, måske hun ikke gør sig umage nok, måske hun har skuffet dem, hun er ubetydelig og interesseløs, og i det lange løb mister de interessen for hende når hun ikke udvikler sig og kan mødes med dem i de interesser der er deres. Hvis hun meldte sig ind i tennisklubben ville de måske igen få det som i Rågeleje; hvis hun blev ven med deres venner og veninde med deres veninder og lærte at kunne tale med dem om det som interesserer dem, ville hun måske vinde dem tilbage igen.

OG til trods for at det sluger alle hendes sparepenge, går hun om aftenen over og melder sig ind i tennisklubben. Hun køber en brugt ketsjer hos træneren og aftaler at ta undervisning hos ham to halve timer om ugen, og hvis hun nøjes med det billigste tennisudstyr, kan hun nok klare det.

Det liver hende vældigt op at foretage sig noget konkret, og hun går hjem med sin nykøbte ketsjer under armen og glæder sig til at se Lenes ansigt når hun røber nyheden.

Men Lene er ikke så tilgængelig som tidligere, og først næste formiddag får Elly lejlighed til at snakke med hende. Lene er ikke i skole i dag, og det meste af formiddagen har hun gået upåklædt oppe på sit værelse og nuslet med sig selv, en vane hun vel har efter mo'ren. Først ved elvetiden ser Elly at hun går nede i haven, hun er i badedragt og går og skuffer gangen nede ved stenhøjen, måske hun har set en film hvor en pige gør sådan noget, måske hun bare vil holde det solbrændte vedlige. Det kan jo også godt være hun har syntes gangen trængte til at blive skuffet og at en badedragt var det bekvemmeste at ha på i den varme, det er henimod august og dagene er stille og glødende. Da hun får øje på Elly retfærdiggør hun sin handling ved at spørge hende hvordan hun ka holde ud at rende rundt i al det kluns i den varme, hvordan i alverden ka folk holde ud at ha tøj på i den temperatur; hvis det ikke var for anstændigheds skyld, ville hun smide badedragten osse.

— Det skulle du gøre, — sir Elly, — så ska jeg gi dig en douche med vandkanden. —

— Sikke modig du er blevet, for et par måneder siden ville du ha rødmet bare ved tanken om at man ku gå rundt i en have i badedragt. —

Jae — svarer Elly godmodigt, — der er vist noget om det; jeg har forandret mig. —

— Du var så sød —, sir Lene.

Så går de i stå og har ikke mere at snakke om. Elly står lidt og føler det som en bebrejdelse mod sig selv; Lene har villet være hendes veninde og hun har skuffet hende, hun er så uinteressant, man kan ikke snakke med hende om nogenting, hun er så forskellig fra Lene og så ubetydelig.

— Jeg har meldt mig ind i tennisklubben —, sir hun.

Lene studser: Hvad for en tennisklub?

— Din tennisklub, — svarer Elly. — Jeg gik hen og meldte mig ind i går aftes og købte en ketsjer, jeg ska ta undervisning hos træneren to gange om ugen. Når jeg får lært det, ka vi måske spille sammen. —

Lene svarer ikke.

— Jeg ska ned på Strandvejen i eftermiddag og købe noget tennistøj, — fortsætter Elly.

Og da Lene stadig ikke sir noget, spør hun lidt spagt:

— Synes du ikke om det?

— Det ska jeg såmænd ærligt sige dig, — svarer Lene, — jeg synes det er noget pjat af dig. Det har du jo heller slet ikke råd til, du ved ikke hvor dyrt det er. Med bolde og alt sådan noget. —

— Joe, — sir Elly, — jeg har regnet det efter, og jeg ka godt klare det. —

— Nå ja —, svarer Lene og gir sig igen til at skuffe, — det må du selvfølgelig selv om. —

Og så retter hun sig pludselig op igen og sir: Jeg begriber bare ikke hvorfor det absolut ska være i min klub. —

— Jamen Lene, — ber Elly og ka næsten ikke ta mere, — det er jo den nærmeste. —

Og da Lene ikke svarer, står hun lidt og forstår det ikke rigtigt. Eller måske forstår hun det alligevel. Så vender hun sig om og går langsomt op til huset.

OG som om det var Vorherre selv der havde lagt det hele tilrette for hende, er det samme dags aften hun blir ufrivilligt vidne til en samtale der får hende til at træffe en drastisk beslutning.

Hun er oppe på sit værelse, det værelse som hun altid har været så glad for, hendes vindue er åbent, det er en af disse lumre vindstille tusmørkeaftener. Søren Torstenson og et par andre af Leifs kammerater har været der til middag, og det var en underlig fornemmelse at gå og servere for Søren Torstenson der havde været hendes bordherre den dag oppe i Rågeleje; nu sidder de nede i haven og drikker te, de har stearinlys på bordet, og det er så stille at lysenes flammer står ganske rolige og kaster et blødt, gult lys på ansigterne om bordet og på buskenes blade bag dem.

Elly er gået i stå et sted imellem bordet og reolen, hun står med en strømpe i hånden og er gået i stå, hendes underlæbe hænger lidt, hun står og spekulerer der i halvmørket og har glemt hvad det egentlig var hun var ved. Nede fra haven kan man høre stemmerne og klirren af kopper, rolige dæmpede lyde der blir bløde af tusmørket og den lumre, stille luft.

Sørens stemme er den tydeligste, han taler næsten altid i et docerende, belærende tonefald, og Elly kan se ham for sig som han sidder der i havestolen og støder fingerspidserne mod hinanden, mens han taler.

— Ja, sir han, — Weibelunds søn traf en pige i Lorry som han blev forelsket i, hun var husassistent hos en urtekræmmer på Amarbrogade, hendes mor var tekstilarbejderske i Silkeborg og var vist skilt fra manden. Hun var en storartet pige ,og da de havde været venner et stykke tid, sagde han hjemme at han ville gifte sig med hende. Og nu ved I jo nok hvordan Weibelunds er, det er storartede og frisindede mennesker til trods for at det er velhavende folk i store sociale stillinger, Weibelund sagde, at selvfølgelig kunne de ikke indvende noget imod at han giftede sig med pigen, men at de frygtede at både han og pigen ville komme til at lide under det når det blev hverdag igen, men hvis det absolut var hans beslutning, kunne han regne med deres støtte, kun måtte han gå med til at pigen blev sendt til Schweiz for at være der i en pension et år. Hun rejste i tirsdags, jeg var med på banegården for at vinke farvel, hun er en nydelig pige med lange ben og kastanjebrunt hår. —

Leif er ikke særlig begejstret: Det er alligevel en underlig form for frisind, hvis Weibelunds ikke selv nærer nogen fordomme, hvorfor lader de dem så ikke bare gifte sig. —

Men Søren Torstenson sir noget om at Leif mangler realitetssans, og at selv om man selv er uden fordomme, må man ta et vist hensyn til fordomme alligevel. — Du kan da forestille dig hvordan pigen ville få det når hun dumpede ned i en omgangskreds hvis interesser og omgangsform var helt fremmed for hende, hun ville få det som en hund i et spil kegler og livet ville blive et helvede for hende og hun ville blive udsat for tusinder af små giftigheder og måske ville hun selv se giftigheder i noget der aldrig var ment sådan. Det ville blive alt for vanskelig en tilværelse for hende, og hvis man kunne gøre hende stærkere gennem et ophold i Schweiz, var det jo nok det værd. Desuden var det jo dejligt for hende sådan at komme til Schweiz. —

— Gøre hende stærkere, — afbryder Leif, — hvad er det hun ska lære, al det udvendige snak lærer hun såmænd hurtigt alligevel, det stikker ikke så dybt som det lyder. —

— Jeg synes nu Søren har ret, — sir Lene, — hvis man ka forhindre at pigen går hen og får mindreværdsfølelser når hun dumper ned i hele den flok af hyæner, ska man selvfølgelig gøre det. —

Elly har hørt hvert ord, hun står der midt på gulvet med sin strømpe i hånden og har hørt hvert ord og er fuld af medynk med pigen der er sendt til Schweiz. Og som hun står der, er der med én gang noget der er ved at klare sig for hende. Noget der letter hende. Ikke noget hun ville kunne udtrykke i ord, bare en ny måde at se på tingene på. Noget der gør at hun føler sig gladere og friere. Og stærkere. Og af en eller anden grund er hun i dette øjeblik klar over at hun vil rejse herfra, hun føler det så naturligt og selvfølgeligt at hun ikke spekulerer særligt over hvorfor. Måske det også ville være svært for hende at skulle redegøre for, det står bare for hende som noget så selvfølgeligt at hun ikke spekulerer særligt over det, men kun over hvad hun skal sige til fru Faber og over hvad hendes far vil sige når hun sådan pludselig kommer hjem.

O G det blir nat og det blir morgen, og i morgenens klare lys ser tingene tit anderledes ud end de så ud aftenen før. Her går hun jo og har en udmærket plads, måske en plads bedre end de fleste. Hun havde besluttet straks om morgenen at gå til fru Faber og sige at hun gerne ville rejse, men nu det er morgen, nu hun står og skal gøre det, nu her i det klare lys, hvor alt er så håndgribeligt virkeligt, blir hun tvivlrådig. Hvordan i alverden skal hun forklare hvorfor hun vil rejse.

Og da det blir frokost, er hun endnu ikke kommet et skridt videre. Oppe på hendes bord ligger hendes nyerhvervede medlemskort til tennisklubben. Og hvis hun blir her, skal hun så benytte det til trods for Lenes misfornøjelse, eller skal hun melde sig ind i en anden klub, eller skal hun erkende sit nederlag og helt la være med det tennisspil. Hvis hun blir her, vil hun så ikke bestandig blive mindet om at hun havde prøvet på at blive ligesom Lene og de andre, at hun ville være en af dem, og at man havde vist hende at man ikke satte pris på det. Og at hun for øvrigt nu var klar over hvor latterligt det havde været af hende. At hun havde følt medynk med pigen der blev sendt til Schweiz. Hele fejlen var at hun ikke havde været klar over det tidligere, at hun havde troet at hun vandt noget som helst ved at tilegne sig deres manerer og deres væsen og gøre deres miljø til sit, at hun havde villet være noget andet end det hun var, og havde troet at det var bedre. Nu vidste hun besked, men hvis hun blev her, var hun jo sådan rodet ind i alt det der at det ville blive for besværligt for hende. Bedre at komme klar af det og være sig selv.

Og så om eftermiddagen, lige før tetid, kommer Lene hjem. Elly ser hende komme trækkende med cyklen, Lene stiller cyklen op ad hyldebusken og smider skolemappen ved siden af og kommer ned i haven hvor Elly går og er ved at dække tebord. — Kom, la mig hjælpe dig, — sir hun og tar solparasollen og slæber den hen så den kaster skygge over bordet. Og da hun har gjort det, står hun lidt og flytter om på kopperne, og så sir hun: Elly, der var noget jeg ville sige til dig, det var om det i går, du ved vi talte om at du havde meldt dig ind i tennisklubben, jeg ville sige til dig at jeg har været så ked af det jeg sagde, det var bare noget vrøvl fordi jeg var i dårligt humør, og så, ved du, kom jeg til at tænke på hvordan mine kammerater ville ta det, fordi du nu altså tjener her hos os, og de er så snobbede. Men jeg har været ked af at jeg sagde det, og selvfølgelig skal du bare komme over i klubben, og når du har lært at ramme bolden, skal jeg nok spille sammen med dig. — — Hvor er du dog storartet, Lene — sir Elly og er selv forbavset over sit tonefald. Hun blir bevæget og får lyst til at ta Lene om halsen. — Hvor er det dog storartet af dig, men ser du, jeg har selv indset, at det var noget pjat af mig. Det var en fjollet idé jeg havde fået fordi jeg ikke syntes jeg var fin nok, det var noget pjank, og jeg har besluttet at rejse hjem. —

— Vil du rejse hjem? —, sir Lene.

— Ja —, svarer Elly, — det vil gøre det hele nemmere. —

Og alt hvad Lene sir, ryster hun bare på hovedet og blir ved sit.

For selv for Fabers er hun bare deres stuepige og et menneske fra en anden verden, og hvis hun skulle glemme det og tro at de ikke ser sådan på det, skal hun nok blive mindet om det. Hun er jo sådan set blevet mindet om det. Det er måske rigtigt at de bestræber sig for ikke at se sådan på det, men når det kommer til stykket gør de det alligevel. Og gør de det ikke, gør deres omgangskreds det, og det vil de føle sig nødt til at ta hensyn til.

DER kommer hvert år piger fra provinsen til København, de kommer i en stadig strøm med skib og med tog, og det de oplever i denne by, er vel så forskelligt som de selv er forskellige. Men i noget af det den enkelte oplever, er der vel noget der er fælles for det store flertal. Elly kom fra et småkårshjem i Bangsbo Strand, og hvad hun oplevede i København var ikke andet og mere end hvad andre har oplevet før hende og hvad andre vil opleve efter hende. Hun kom hertil med en af Jyllandsbådene med en håndkuffert og en attachétaske, og nu står hun på den samme båd og ser havnens pakhuse og skibe og kajer glide forbi sig. Og bag kajerne skimter hun byens tage og tårne, og byen og alt hvad dens er, er allerede ved at blive noget fjernt og fortidigt for hende. Da hun kom hertil var det vinter, det er ikke så forfærdelig mange måneder siden, og som hun står der på damperens dæk i sommernatten og ser byen glide bort, har hun på samme tid en fornemmelse af at det er længe siden hun kom hertil, og en fornemmelse af at det var i går hun gik ned ad landgangsbroen for enden af Sct. Annæ Plads. Hun står der ved rælingen i sin grønne kåbe med den lille pelstjat i halsen og et afsnit af hendes Liv er forbi, nu glider de forbi Langelinje, dér ligger molen, dér ligger Trekroner, byens lys blir fjernere, og man begynder at kunne fornemme himlen med dens millioner af blinkende stjerner, den perlerække små flimrende gule lys derovre er Sverige, det er en dybblå augustnat, herude blæser det lidt, skibet er ved at komme i fart og det er morsomt at stå og se ned på det lysende, hvide bølgeskum langs skibssiden, stå og følge med i skibets rytme, stemplerne der arbejder, maskintelegrafen, lydene af de mange mennesker på dækket og lyden af bølgerne, der knuses mod skibets stævn.

Hun har endnu ikke været nede, hun står endnu på samme sted ved rælingen hvor hun stod da hun vinkede farvel til Lene og Leif, ved hendes fødder står hendes håndkuffert og hendes attachétaske, nu er kysten bare en række lys der blir smallere og smallere, i morgen aften ved denne tid sidder hun hjemme i stuen, hun kommer til at tænke på hvordan hun havde udmalet sig sin hjemkomst, hun ville være elegant og københavnsk når hun ankom til Frederikshavn, hun havde set sig selv komme gående ned ad Danmarksgade og grønthandlerens kone var kommet frem i døren og havde kigget efter hende og ikke været sikker på at det virkelig var hende. Og far ville gå ved siden af hende med håndkufferten i hånden, og måske ville de møde nogle af hendes skolekammerater.

Og i morgen aften ved denne tid ville de sidde hjemme i spisestuen hvor der var kommet linoleum på gulvet, og hun ville fortælle om alt hvad hun havde oplevet. Ja til far ville hun fortælle rub og stub og ikke lægge skjul på noget. Og når hun endelig var færdig, skulle det ikke fejle at far ville sige at det havde han jo sagt, hun skulle være blevet hjemme. Og så ville hun svare, nej far, jeg skulle ikke være blevet hjemme, men jeg skulle ha vidst lidt mere om både det ene og andet.

Det begynder at blive køligere, hun trækker kåben tættere om sig og knapper den op i halsen. Og bagefter vil far fortælle hende om alt hvad der er sket derhjemme siden hun rejste, far elsker at sludre og ved besked med alt hvad der sker, Andersens børn har haft mæslinger og Fridolin har fået brev fra Arthur i Amerika og Jørgensens Petra skal rejse til København på mandag og være stuepige hos en grosserer eller sådan noget.

— Nu er lysene derinde på kysten blevet mindre, og der er længere mellem dem. Nogle steder ligger de i klumper. Måske den klump derinde er Klampenborg hvor hun gik i vandet for bare otte dage siden. Månen er ved at komme frem bag en sky, den kaster en bred sølvstribe hen over det mørke vand, og det er som om de sejler midt i striben.

I 1940 besluttede den danske Statsradiofoni at bede en dansk forfatter om at skrive en roman til oplæsning i radioen, en radioroman. Der knyttedes visse betingelser til opgaven. Romanens tema måtte være af en sådan beskaffenhed at den kunne interessere det store flertal af landets lyttere, dens handling måtte være spændende og dens sprog tilgængeligt for enhver. Man bestemte sig for at anmode Johannes Buchholz om at skrive denne roman.

Da Johannes Buchholz i sommeren 1940 afgik ved døden, efterlod han sig kun ufuldstændige forarbejder til bogen, og efter fornyede overvejelser besluttede radioledelsen sig til at bede Mogens Klitgaard om at skrive romanen.

Efter kort betænkningstid tog Mogens Klitgaard mod tilbuddet og skrev i de følgende måneder fortællingen om *Elly Petersen*. I foråret 1941 blev den oplæst i radioen af skuespiller ved Det kgl. Teater Elith Pio.

Fortællingen bærer præg af at være blevet til under tidspres. I nærværende udgave er dens ortografi og tegnsætning tilnærmet nutidens.